LES ASSASSINS N'OUBLIENT JAMAIS

DANS LA MÊME SÉRIE

1. La révélation
2. L'intrus
3. Pouvoirs secrets
4. La protectrice
5. L'étrangère
6. Le passager clandestin
7. La Pierre de Minuit
8. Le rebelle
9. Le renégat
10. Nouveau départ
11. Les assassins n'oublient jamais

À paraître

12. Le prix d'un miracle (janvier 2003)

ROSWELL™

GREG COX

LES ASSASSINS N'OUBLIENT JAMAIS

D'après la série télévisée développée par Jason Katims

Fleuve Noir

Titre original :
Loose Ends

Traduit de l'américain par
Anne-Virginie Tarall

Série proposée par Patrice Duvic

ISBN : 2-265-07422-5

Pour Laura et Katie,
Anciennes élèves à titre honorifique du lycée de Roswell

REMERCIEMENTS

Merci à John Ordover de m'avoir recommandé pour ce travail, à Ingrid van der Leeden et Samantha Schutz de m'avoir apporté leur aide et leur support éditorial, et à mes agents, Russ Galen et Anna Ghosh, qui ont réglé les détails juridiques.

Merci également aux acteurs talentueux, à l'équipe et aux créateurs de *Roswell* pour m'avoir fourni l'inspiration et m'avoir diverti, et aux gens de alt.tv.roswell et de Crashdown.com pour leurs informations sur la série.

Enfin, merci à Karen et à Alex, pour avoir tenu la maison pendant que j'écrivais ce livre.

PROLOGUE

— Qu'est-ce que tu fais ? Je t'ai dit de ne jamais m'appeler ici !

— Ferme-la ! C'est une ligne protégée. Tu l'as eu ?

— Pas encore, mais ça ne saurait tarder. Je sais où c'est et comment le récupérer.

— T'as intérêt ! L'enjeu est énorme… Ne fous pas tout en l'air !

— Promis ! Tout fonctionne comme prévu.

— Bien. Tu sais où me retrouver. Sois là-bas à temps et n'essaie pas de me doubler. Tu sais ce qui est arrivé au dernier type qui s'y est risqué…

CHAPITRE PREMIER

— Alors, tu crois que Hilary est une Skin ?

— Je n'ai pas dit ça. C'est une *possibilité*.

Penchés sur un exemplaire d'*USA Today*, Max Evans et Michael Guerin cherchaient des indices sur les activités d'extraterrestres hostiles. Inutile d'avoir un marqueur pour surligner les passages pertinents. Il suffisait à Max de passer le doigt dessus pour obtenir le même effet.

— Pourquoi pas Katie Lee ? demanda-t-il, tournant la page. J'ai toujours pensé qu'il y avait chez elle quelque chose de louche…

… Si mon hybride humain-extraterrestre préféré le dit… Non, ajouta Liz Parker *in petto, je suis injuste.*

Malgré ses origines extraterrestres, Max était, par bien des côtés, la personne la plus humaine à sa connaissance. Elle le savait mieux que personne : son cœur n'avait rien… d'extraterrestre !

C'était un tranquille jeudi après-midi au *Crashdown Café*, le meilleur restaurant de Roswell, Nouveau-Mexique, consacré au thème des extraterrestres. Le lieu de rendez-vous de la bande. Des peintures représentant des extraterrestres ornaient les murs. Un mannequin en combinaison argentée accueillait les clients. Occupant un des boxes du fond, Liz faisait face à Max et à Michael. Isabel, la sœur de Max, était à la table voisine avec Alex Whitman. Liz savait qu'Alex aurait préféré un tête-à-tête avec Isabel... Mais il devait se contenter d'être dans le même box qu'elle.

J'espère que tout va bien entre eux, pensa Liz. *Isabel est d'humeur changeante...*

— Katie Lee ? demanda Maria DeLuca en levant ses grands yeux verts au ciel.

Elle portait sa tenue de serveuse : blouse verte, tablier orné du faciès du ravisseur extraterrestre type et serre-tête pourvu d'antennes. Les clients ne se bousculant pas encore, elle avait du temps à tuer en compagnie de ses amis.

— Vous ne deviendriez pas un peu paranoïaques sur les bords, les gars ?

Indigné, Michael se hérissa... un peu à la manière de ses cheveux bruns.

— C'est une affaire sérieuse. Tu peux en rire, mais ça n'est pas notre cas. (Des bouteilles de tabasco vides témoignaient de la gravité des propos échangés.) Qui peut dire quand les Skins frapperont de nouveau ?

— Eh, pas la peine de me rembarrer, *alien boy* ! riposta Maria. (Vérifiant qu'aucun client ne venait d'entrer, elle s'assit à côté de Liz.) Je sais tout de l'invasion des méchants extraterrestres, rappelle-toi... J'essayais simplement de vous ramener à la réalité.

— Oh, c'était donc ça ? fit Michael, sarcastique. Et moi qui pensais que tu parlais de choses auxquelles tu n'entends rien ! (Il regarda ostensiblement le calepin vert coincé sous la ceinture du tablier de la jeune fille.) Tiens-t'en aux commandes des clients !

Maria passa instantanément en mode de combat.

— J'en connais un qui ne reverra pas de sitôt la salle des brosses ! (Une référence à la pièce où les lycéens de Roswell s'enfermaient pour flirter...) Les vacances approchent et tu pourrais passer un été *très* solitaire, Michael Guerin !

Liz tressaillit. D'accord, Maria et Michael se chamaillaient depuis toujours, mais là... Ça semblait plus sérieux que d'habitude.

Elle dévisagea Max. Le front barré de plis de concentration et d'inquiétude, il lisait son journal, surlignant parfois une légende ou un titre suspects. Un « Côté Obscur de la Force » – un milk-shake au chocolat – côtoyait un sandwich « Fromage Lunaire ».

Le cœur de Liz se serra. On aurait dit que Max portait le poids du monde – pire, d'une galaxie – sur les épaules...

— Du calme ! fit-elle. (A défaut de soulager Max de son injuste fardeau, elle jouerait les médiatrices matrimoniales.) Nous sommes tous à cran. *(Et qui ne le serait pas*, pensa-t-elle, *après ce que nous avons traversé ?)* Alors, évitons de nous en prendre les uns aux autres, d'accord ?

— Ouais, tu as raison, fit Michael.

Il haussa les épaules – ce qui équivalait chez lui à des excuses –, et regarda Maria qui se détendit.

— Je veux juste être prêt, vous comprenez ? Pour le FBI. Les Skins. Pour tout...

— Devrions-nous en parler ici ? s'inquiéta Isabel. Et si on nous entendait ?

Comme son frère, elle était tendue. Sa voix trahissait sa nervosité. Mais elle dissimulait ses angoisses chroniques sous des allures de gravure de mode.

— Qui pourrait nous entendre ? répliqua Maria. (Adepte de l'aromathérapie, elle leva un flacon d'huile sous ses narines frémissantes, histoire de dissiper ses frustrations.) Regarde autour de toi… Cet endroit est plus mort que le sénateur Whitaker !

Alex reposa l'Objet Volant Non Identifié qu'il grignotait et tenta de rassurer Isabel.

— N'oublie pas que nous sommes à Roswell, Iz, la capitale officieuse des Rencontres du Troisième Type. Les touristes veulent entendre parler d'OVNIs et de conspirations gouvernementales. En fait, nous devrions crier plus fort au contraire, dans l'intérêt même de notre économie régionale !

Sa tentative se solda par un lamentable échec.

— Ce n'est pas drôle, Alex ! lança Isabel en se tournant vers le box voisin.

Devant l'air anéanti d'Alex, Liz eut de la peine pour lui.

— Qui sait qui pourrait nous espionner ? continua Isabel. Rappelez-vous les caméras et les micros…

C'est vrai, reconnut Liz. *Mais à force de le ressasser vingt-quatre heures sur vingt-quatre, sept jours sur sept, ça rend dingue !*

Elle prit une cuillerée de son *sundae* « Petit Homme Vert ». Une chanson de Dido passait à la radio.

Où finit la prudence, où commence la paranoïa ?

Mais qui était-elle pour juger Isabel ? Liz vivait avec le Grand Secret depuis deux ans seulement, alors qu'Isabel, Max et Michael avaient dû cacher toute leur vie leur héritage extraterrestre.

— Liz a raison, dit Maria. Nous sommes à cran et nous avons besoin de vacances. Oublions nos ennemis le temps d'un week-end de rêve ! (Elle prit le journal de Max.) Ça vaut pour toi aussi, glorieux chef. Travailler sans jamais s'amuser fait de toi un homme de l'espace très barbant !

Max parut plus surpris qu'agacé par le geste impulsif de Maria. Sourcils froncés, Michael voulut récupérer le journal.

Elle refusa de le lui rendre.

— Ecoute, fit-il avec un effort visible pour garder son calme, une guerre interplanétaire couve. Nous n'avons pas le temps de nous amuser !

— J'ai vu des documentaires ! Pendant la Première et la Seconde Guerre mondiale, les soldats se distrayaient de temps en temps. N'as-tu jamais entendu parler des Andrews Sisters ? Il le fallait. Sinon, les pauvres gars auraient pété les plombs ! C'était important pour leur… euh… moralité.

— *Moral*, corrigea gentiment Liz. (Elle était surprise et soulagée de voir Max écouter Maria.) Quoi qu'il en soit, elle a raison. Nous aurions tous besoin de vacances.

— Exactement ! (La question réglée en ce qui la concernait, Maria se caressa le menton, image vivante de la réflexion.) Je verrais bien une virée en voiture, mais pour aller où ?

— Je sais ! s'écria Liz. Les Cavernes de Carlsbad ! C'est à quelques heures de route seulement. Et Mlle Huktquist donnera des points supplémentaires aux lycéens qui iront les visiter et lui remettront une rédaction.

— Je comprends pourquoi tu es un génie en sciences naturelles…, plaisanta Maria. Je pense « virée entre ados » et toi « travail sur le terrain ».

— Je t'assure que ce serait amusant. Mes parents m'ont souvent emmenée là-bas, quand j'étais petite.

Submergée par la nostalgie, elle se souvint des plaisirs doux-amers de l'enfance, à une époque où tout était plus simple… Les larmes aux yeux, elle eut la gorge serrée.

On dirait que j'ai besoin de vacances, moi aussi...

Solennel, Max acquiesça.

— Ça me va, dit-il avec la calme autorité qui le caractérisait. Qu'en pensez-vous ?

Michael, bien sûr, n'était pas convaincu.

— Je me fiche des sciences naturelles ! dit-il, acide. Je ne suis pas d'ici.

Maria lui jeta un regard d'avertissement.

— Ne fais pas ton Tchécoslovaque rabat-joie ! dit-elle, utilisant son euphémisme préféré pour parler des extraterrestres. Ou je pourrais oublier que tu es l'amour de ma vie...

Michael se tassa sur son siège, boudeur, mais peu désireux de s'aliéner complètement Maria.

— Bon, ça fait trois en faveur des grottes. (Elle se tourna vers le box voisin.) Et toi, Alex ? Prêt pour un voyage au centre de la Terre ?

— Euh, oui..., répondit-il, fasciné par le visage parfaitement maquillé d'Isabel. Et toi, Iz ? (Il lui adressa un grand sourire.) Ça pourrait être amusant.

Isabel se tourna vers son frère.

— Tu es sûr que c'est une bonne idée, Max ? demanda-t-elle.

Liz se demanda – pas très charitablement – si le Prozac agissait aussi sur les extraterrestres.

— Ça ne nous fera pas de mal, Iz.

Liz admira son doigté. Comment pouvait-il douter d'être né pour régner sur son peuple ? Max posa les doigts sur la main de sa sœur et la pressa tendrement.

— D'accord, dit-elle avec un pâle sourire. Changer de décor pourrait être agréable...

— C'est décidé ! jubila Maria. Tu es battu à quatre contre un, Michael ! J'ai la Jetta de ma mère et Max et Isabel leur Jeep. Liz, Michael, vous ferez le plein de victuailles – n'oubliez pas le tabasco ! Samedi matin, nous irons aux Cavernes de Carlsbad !

L'enthousiasme de Maria était contagieux. Liz sourit à Max, en lui faisant du pied sous la table.

Il lui retourna son sourire.

C'est si bon de le voir détendu ! pensa-t-elle.

A quand remontait leur dernier moment agréable ensemble ? Ils passaient leur temps à échapper aux menaces terrestres *et* extraterrestres !

Plus elle y pensait, plus l'idée lui plaisait.

Un week-end entier sans ruminer nos tracas... Prescription médicale !

Elle était impatiente de lever le pied.

CHAPITRE II

— Croyez-le ou non, dit le ranger, il y a deux cent cinquante millions d'années, une mer intérieure couvrait toute cette région. Ceci était un récif… Puis la mer s'est asséchée. Le récif fut enfoui sous des tonnes de sédiments. Les pressions géologiques le faisant peu à peu remonter à la surface, l'eau de pluie qui s'infiltrait dans des fissures a creusé ces cavernes.

Liz essaya d'imaginer le désert Chihuahua couvert d'eau, mais c'était difficile… Surtout après avoir parcouru plus de cent cinquante kilomètres au cœur d'une contrée brun-rouge tannée par le soleil…

Les jeunes gens étaient partis tôt pour éviter les pointes de la chaleur de juin.

— N'est-ce pas fantastique, Max ? demanda-t-elle.

Des stalactites pendaient au-dessus de leurs têtes et des stalagmites, tels des crocs acérés, pointaient vers la voûte. Parfois, elles se rencontraient, formant des colonnes de calcite massives, tels les piliers d'un antique temple païen. Par endroits, les parois de calcaire évoquaient des cascades figées. Des ampoules colorées soulignaient les merveilles naturelles de leur jeu d'ombres et de lumières. Le temps avait poli les formations minérales, leur donnant un aspect opalescent.

On croirait un monde extraterrestre, pensa Liz.

— Oui, très impressionnant, répondit Max.

Il tenait son amie par la taille. Les six compagnons avaient rejoint un groupe de touristes et devaient tendre l'oreille pour entendre leur guide parler du « Palais du Roi », un secteur des Cavernes.

— A côté, notre grotte n'est qu'un trou de souris..., chuchota Max à l'oreille de Liz.

Il parlait de celle où, enfants, les extraterrestres avaient été cachés après le crash de 47.

— Et c'est une petite partie du complexe..., commenta Liz, feuilletant le guide qu'elle avait acheté à l'entrée. Il y a plus de quatre-vingt-cinq grottes, dont dix seulement sont ouvertes au public.

— Vous avez entendu ? fit Maria. (Michael et elle suivaient Liz et Max, Isabel et Alex fermant la marche.) Personne ne se perd. Je n'ai pas envie de visiter des grottes pleines de chauves-souris !

— Petite, Maria a été traumatisée par les *Aventures de Tom Sawyer*, la taquina Liz, se rappelant la séquence où Becky Thatcher et Tom étaient poursuivis dans un labyrinthe souterrain par Joe l'Indien. Elle se cachait derrière un meuble dès qu'on arrivait à cette scène !

— Il me semblait que je n'étais pas seule derrière le canapé ! riposta Maria. (Elle flanqua un coup de coude taquin à son amie.) Avoue-le, Parker, tu étais aussi flippée que moi !

— Eh bien, nous avions dix ans... J'aime à penser qu'aujourd'hui, je suis plus courageuse.

— Après les Skins et l'Unité Spéciale, j'en suis certain, dit Max en l'étreignant affectueusement.

— Peu importe. Tout le monde reste sur le chemin balisé, insista Maria, visiblement en phase avec la mère poule qui sommeillait en elle. Et rappelez-vous, si nous sommes séparés, rendez-vous à l'ascenseur.

Michael grogna.

— Comme si j'avais envie de partir en exploration… (Il étudia les formations rocheuses.) Eh, c'est un vulgaire trou poreux, non ? Pas de quoi en faire un plat !

Maria s'écarta de lui pour mieux le fusiller du regard.

— Tu pourrais au moins feindre de t'amuser ! Ou crains-tu de gâcher ton image de marque, monsieur le Rebelle Sans Planète ?

— C'est un crime de ne pas se répandre en *ooh !* et en *aah !* idiots devant des colonnes de pierre ? (Ses épaules voûtées trahissaient son manque d'enthousiasme.) Lâchez-moi un peu les baskets, d'accord ? Détendez-vous !

En colère, Maria se tourna vers lui, ses yeux verts lançant des éclairs.

— Non, *tu* te détends, Michael Guerin, et encore une chose…

— Chut ! siffla une touriste d'âge moyen.

Liz rougit d'embarras même si elle n'était pas en cause. Pris de court, Michael et Maria se hâtèrent de rattraper le ranger, qui expliquait pourquoi une des formations avait reçu le nom cocasse d'« Amoureux Frustrés ».

Comme c'est approprié…, pensa Liz, songeant à Maria et Michael.

Des flashs crépitèrent. Il y eut une bousculade quand les touristes jouèrent des coudes pour mieux voir les « Amants » pétrifiés. Le problème, quand on visitait les cavernes par un beau week-end d'été, c'était l'affluence. Des centaines de personnes se succédaient dans les différentes grottes. Les aspirants spéléologues entouraient les jeunes gens de toutes parts, les forçant à se parler à voix basse.

— Vous savez, observa Alex, c'est très cool. Mais les zones ouvertes au public sont un peu trop... *domestiquées*... à mon goût. Il y a l'électricité, les chemins sont balisés, et délimités par des barrières. On trouve même des poubelles tous les cinquante mètres. (Histoire de ponctuer ses dires, il jeta l'emballage de sa barre chocolatée dans un conteneur.) Ne serait-ce pas plus amusant et effrayant si les grottes ressemblaient à des grottes plutôt qu'à un centre commercial souterrain ?

— Je vois ce que tu veux dire, admit Max, qui ne s'était plus autant amusé depuis des semaines, sinon des mois. Certaines doivent être réservées aux spéléologues. Quant aux autres, elles sont à peine explorées. (Il feuilleta le guide de Liz.) Comme celles du Canyon du Massacre, de l'Araignée... celles qui restent à baptiser.

— Eh, c'est une idée ! fit Alex, enthousiaste. Qu'en penses-tu, Isabel ?

Il fit un sourire idiot à la sœur de Max. L'aspirant musicien dégingandé et la reine de la promo formaient un couple incongru. Liz avait presque renoncé à définir leur relation.

— Veux-tu visiter une grotte inexplorée avec moi, plus tard ? ajouta-t-il en sourcillant à la Groucho, histoire de soutirer un sourire à sa belle (mais distante) compagne. Juste, toi, moi, et quelques chauves-souris... Ce serait chou, non ?

— Ce ne serait surtout pas prudent, répondit-elle. (Bien qu'elle tînt Alex par la main, elle était visiblement ailleurs en pensée.) Ecoutons ce que notre guide a à dire, d'accord ?

— Euh, d'accord..., marmonna Alex.

Une fois de plus, sa tentative de battre en brèche les défenses d'Isabel avait échoué. Liz admirait sa persévérance. Mais... N'était-ce pas perdu d'avance ?

Elle soupira en repensant aux frictions entre ses amis. Pour le moment, seuls Max et elle jouaient le jeu.

Dommage, mais je refuse de laisser les problèmes de Michael et de Maria, ou ceux d'Alex et d'Isabel, gâcher mon week-end avec Max...

Après avoir risqué sa vie *et* son bonheur pour sauver le monde des envahisseurs extraterrestres, n'avait-elle pas le droit de se montrer un peu égoïste ?

Le ranger, qui devait connaître le Palais du Roi comme sa poche, entraînait le groupe toujours plus profondément dans le complexe souterrain. Liz frissonna, en dépit du pull qu'elle avait pensé à prendre. Elle consulta sa montre : 10 h 45. A la surface, la température dépassait les 40 degrés, mais à plus de deux cents mètres sous terre, il faisait froid.

Brrr ! pensa Liz, regrettant de n'avoir pas pris de veste en prime...

Néanmoins, ça lui donnait une excellente excuse pour se coller à Max.

Après la visite en règle du Palais du Roi, avec ses formations aux noms pittoresques tels que l'« Eléphant Timide » ou le « Lit de la Reine », le guide ramena son petit monde devant l'ascenseur.

— J'espère que vous avez apprécié, conclut-il. Vous pouvez retourner à la surface, ou visiter la grande salle. (Il désigna une arche, derrière eux.) Si vous ne l'avez jamais vue, elle vaut le coup d'œil. C'est la plus grande grotte. Elle pourrait abriter douze terrains de football.

— *Ooh*, un trou encore plus gros ! fit Michael, sarcastique, s'attirant les foudres de Maria.

— Moins que celui que tu es en train de creuser pour toi !

Aïe ! pensa Liz.

Elle n'aurait pas voulu être à la place de Michael quand Maria réussirait à le coincer.

D'après la brochure, visiter la grande salle demandait bien une heure et demie... Ils se décidèrent pour un détour préliminaire par les toilettes et la cafétéria.

Liz fit signe à Max quand le groupe se sépara. N'ayant pas faim, elle se dirigea vers la boutique de souvenirs.

Peut-être dénicherai-je un cadeau pour Max, ou mes parents ?

Ayant grandi à Roswell, elle trouva bizarre de ne voir ni OVNI en plastique, ni E.T. gonflable, ni carte postale proclamant : « *Conduisez-moi à votre chef !* » Ici, c'était le paradis des chauves-souris en caoutchouc, des poupées kachina de mauvaise qualité et des porte-clés, cuillères, cendriers... à prix d'or. Une carte postale retint l'attention de Liz : une photo en couleurs des gravures amérindiennes découvertes près de l'entrée.

Intéressant...

Certaines ressemblaient aux symboles extraterrestres que Liz et ses amis avaient dénichés dans d'autres grottes, aux environs de Roswell. Existait-il un lien ?

Elle décida d'acheter la carte postale pour la montrer à Max. Alors qu'elle approchait de la caisse, une voix coléreuse l'arrêta.

— Cinq dollars quatre-vingt-quinze ? Pour cette saleté ? Vous me prenez pour un idiot ?

Oh, non ! pensa Liz. *Pas lui ! C'est impossible…*

La voix, profonde et rauque, lui fit l'effet d'un électrochoc. Tremblante, elle se fraya un chemin dans la foule et, hissée sur la pointe des pieds, regarda pardessus les épaules des touristes. Le client irascible était un Blanc, vêtu d'une veste en vinyle rouge, une casquette de chasse orange vissée sur le crâne. Son visage empourpré jurait avec sa barbe de trois jours tirant sur le roux.

Liz le reconnut immédiatement.

Oh, mon Dieu ! C'est lui !

D'instinct, elle pressa les mains sur son ventre.

C'était l'homme qui avait failli la tuer… Au *Crashdown Café*, près de deux ans plus tôt…

Tout s'était passé très vite. Un instant, elle servait les clients, échangeant des ragots et des plaisanteries avec son amie Maria… Le suivant, une violente altercation éclata entre deux hommes qui occupaient un des boxes. Liz ne les avait jamais vus avant. Sans que quiconque puisse intervenir ou appeler la police, le plus costaud sortit une arme à feu et la braqua sur son compagnon qui lui saisit le bras pour le dévier… et le coup partit.

Liz entendit un *bang !* assourdissant, puis sentit une douleur atroce, au ventre. Avant de réaliser ce qui lui arrivait, elle se retrouva allongée sur le carrelage, aveuglée par les néons. Une boule de feu lui rongeait les entrailles. Pourtant elle avait froid… Des gens crièrent, Maria hurla… Tout était confus, lointain.

L'engourdissement la gagna… Liz comprit qu'elle était en train de mourir.

Oh, mon Dieu ! On m'a tiré dessus…

Les lumières fluorescentes semblèrent baisser d'intensité ; une étrange obscurité apparut à la périphérie de son champ de vision. Quelque chose d'humide, de chaud et de poisseux formait une flaque sur son estomac, imbibant son uniforme. Liz aurait voulu s'asseoir pour inspecter sa blessure, mais lever la tête était devenu pour elle un effort surhumain… Ses bras et ses mains n'avaient plus de force. Sa vie lui échappait, consumée par le feu dévorant, sous ses côtes.

C'est injuste… (Elle gardait les yeux ouverts à grand-peine.) *Je ne peux pas mourir comme ça… C'est trop tôt !*

L'obscurité se refermait sur elle… Ses battements de cœur ralentissaient. Une profonde mélancolie l'envahit, noyant la peur et la douleur.

Je n'ai que seize ans ! Je n'ai jamais…

Soudain, Max apparut et l'arracha à l'abîme. Son visage expressif aux grands yeux marron emplit son champ de vision. Il déchira l'uniforme de la mourante et posa une main sur son ventre, éteignant le feu grâce à la fraîcheur de son esprit…

Et sa vie n'avait plus jamais été la même.

Maria le lui avait dit : les deux coupables s'étaient enfuis juste après le coup de feu. Ils avaient déguerpi depuis longtemps quand le shérif Valenti et ses hommes s'étaient présentés…

Liz ne s'était pas attendue à revoir un jour l'homme qui *l'avait* tuée.

Elle poussa un petit cri. Le souvenir était si vivace qu'il lui sembla qu'on venait encore de lui tirer dessus… Elle pouvait presque sentir l'odeur de la poudre, et entendre le coup de feu. Liz baissa les yeux sur son ventre, s'attendant à voir du sang couler entre ses doigts…

Aidez-moi ! Je suis touchée !

Dans son affolement, elle renversa un présentoir lesté de globes contenant des répliques en plastique de stalactites et de stalagmites. Les fragiles souvenirs volèrent en éclats, leur liquide répandu sur le sol. Tout le monde se tourna vers Liz, y compris le tireur. Levant la tête, la jeune fille croisa ses yeux injectés de sang.

Le type la dévisagea avec une expression méprisante, visiblement amusé qu'on se couvre ainsi de ridicule. Puis il eut un mouvement de surprise… Elle le vit plisser le front.

M'a-t-il reconnue ? se demanda-t-elle, prise de panique. *Sait-il qui je suis ?*

Un besoin irrésistible de fuir la saisit. Elle sortit en trombe de la boutique de souvenirs, traversa la cafétéria au pas de course et s'engouffra dans la grande salle. Son cœur battait à tout rompre et elle ravala de justesse un cri de détresse. Elle avait peur de regarder par-dessus son épaule… Le tireur fou l'avait-il prise en chasse ?

Elle s'attendait à entendre un coup de feu d'une seconde à l'autre…

— Liz !

Max ! Elle se jeta dans ses bras, s'accrochant à lui comme une naufragée à une bouée de sauvetage. Blottie contre sa poitrine, elle éclata en sanglots.

— Tu es blanche comme un linge ! Que se passe-t-il ? Qu'y a-t-il, Liz ?

Des pas précipités… Bientôt, ils furent entourés par Maria, Alex, Michael et Isabel, tous inquiets.

— Ça va, Liz ? demanda Maria en lui tendant un verre de limonade. Tiens, bois ça !

Il fallut plusieurs secondes à Liz pour trouver le courage de relever la tête. Elle sécha ses pleurs d'un revers de main. La limonade l'aida à se reprendre, mais elle continuait de chercher le tireur du regard dans la foule.

— Tout va bien ! lança Michael aux curieux. Il n'y a rien à voir ! C'est un accès de claustrophobie !

— S'il te plaît, Liz..., insista Max. (Il la serra contre lui. Elle se remémora comment, ce jour-là, il l'avait sauvée grâce à ses pouvoirs.) Dis-moi ce qui s'est passé.

Elle hocha la tête, soudain pressée de partager ses peurs avec ses amis. Mais elle devait s'éloigner de la boutique.

— Pas ici..., murmura-t-elle. Enfonçons-nous dans la grande salle.

— D'accord.

Surpris, Max était néanmoins déterminé à tout faire pour la rassurer. Un bras passé autour de ses épaules, il l'entraîna, échangeant des regards inquiets avec Michael et Isabel.

Un de leurs ennemis humains ou extraterrestres les avait-il suivis jusque-là ?

Pour une fois, pensa tristement Liz, ce n'était pas un problème extraterrestre. Son propre passé de miraculée revenait les hanter...

La grande salle était aussi époustouflante que dans son souvenir. Des centaines de stalactites descendaient de la voûte, neuf mètres au-dessus de leurs têtes. On se serait cru dans une cathédrale souterraine.

— Ouah ! fit Alex, impressionné. On pourrait y cacher tout un secteur de la ville !

Mais Liz n'était plus d'humeur à apprécier les merveilles naturelles du site. Max la guida dans une des grottes de dimensions plus modestes qui jalonnaient l'immense caverne. Il l'entraîna derrière une stalagmite qui n'avait rien à envier aux obélisques égyptiens.

— Ça te convient, Liz ? demanda-t-il. Peux-tu nous dire ce qu'il t'est arrivé ?

— Je crois…

Déglutissant avec peine, elle tenta de contrôler ses tremblements. La panique initiale s'effaçait doucement pour laisser la place à un sentiment apaisant de sécurité, maintenant qu'elle avait retrouvé Max et les autres. Ils l'entouraient, inquiets mais protecteurs.

— C'est lui, Max… L'homme qui m'a tiré dessus, au *Crashdown*. Il est ici.

— *Quoi ?* explosa Max. Où ?

Elle raconta brièvement sa rencontre avec le tireur, à la boutique de souvenirs. Encore sous le coup de l'émotion, elle dut marquer une pause pour se ressaisir. Isabel lui tendit une serviette en papier…

Que faire ? se demanda-t-elle, effrayée. *Y a-t-il quelque chose que nous puissions, que nous* devions *faire ?*

Max, lui, en avait assez entendu.

— *Ce fils de pute !* s'exclama-t-il.

Les poings serrés, il s'éloigna à grandes enjambées.

— Eh, Max ! (Michael courut derrière lui.) Où crois-tu aller comme ça ?

— Restez avec Liz ! lança Max sans se retourner. Je vais m'occuper du fumier qui lui a tiré dessus !

— *Arrête !* (Michael le retint par l'épaule.) Parlons-en calmement, d'accord ?

Max fit volte-face, défiguré par la rage. Liz crut qu'il allait frapper Michael. Elle ne se rappelait pas l'avoir vu furieux à ce point.

— *Parler ?* Pour quoi faire ? cracha-t-il en se dégageant. Ce salaud a failli la tuer !

Michael jeta des regards furtifs autour de lui. Max

avait choisi une niche isolée, mais ils commençaient à attirer l'attention.

— Calme-toi, murmura-t-il. Tu ne veux pas que nous nous fassions remarquer, n'est-ce pas ?

L'habitude reprit le dessus. Max se calma assez pour se pénétrer du bon sens de son ami.

— Je ne sais pas... Il pourrait s'enfuir.

— Parlons-en, d'accord ? insista Michael.

En dépit de la situation tendue, Liz trouva étrange de le voir se poser comme la voix de la raison... D'habitude, c'était lui l'impulsif, et Max le raisonnable. Devait-elle s'alarmer, ou se sentir flattée par la réaction de Max ?

Je n'avais pas compris qu'il haïssait ce type à ce point...

A contrecœur, Max revint avec Michael.

— Faisons vite ! Pour ce que nous en savons, ce fou de la gâchette est peut-être déjà en route vers le Mexique.

— Et si je le tenais à l'œil pendant que vous débattez stratégie ? proposa Alex. (Il haussa les épaules, affectant la nonchalance.) Je n'étais pas au *Crashdown*, ce jour-là, alors il ne risque pas de me reconnaître.

Max fronça les sourcils. Il aurait préféré partir lui-même à la recherche du tireur, mais il ne voyait aucune bonne raison de décliner l'offre d'Alex.

— Tu es sûr de pouvoir l'identifier ? demanda-t-il.

— Grand, veste rouge, casquette orange, mauvaises manières ? répondit Alex, répétant les précisions de Liz. Pas de problème.

— Bonne idée, fit Michael. Vas-y !

Liz se doutait de ce qu'il avait derrière la tête. Au fond, Alex était beaucoup plus calme que Max... Il ne ferait pas d'esclandre.

— Sois prudent, Alex, recommanda Isabel.

S'éloignant en direction de la boutique de souvenirs, Alex lui fit un grand sourire par-dessus son épaule, ravi qu'elle se soucie enfin de lui. Liz espéra qu'il ne commettrait pas d'imprudence pour épater sa belle.

Les cinq amis se regroupèrent derrière la stalagmite géante.

— Bien... (Michael vérifia que personne ne les épiait.) Comment comptez-vous régler ce problème ?

— Tu plaisantes ? fit Maria, incrédule. (Elle avait passé un bras protecteur autour de Liz, qui tremblait comme un lapin pris au piège.) Il faut prévenir la police ! (Elle se gratta la tête, pensive.) Les rangers peuvent-ils être considérés comme des policiers... ?

— Pas si vite ! protesta Michael. La dernière chose que nous voulions, c'est attirer l'attention des autorités sur l'incident du *Crashdown*. Je vous rappelle qu'*officiellement* personne n'a été blessé ce jour-là. Max a régénéré Liz avant l'arrivée des flics.

Mais j'ai été *blessée*, pensa-t-elle.

De leur propre chef, ses mains se posèrent à l'endroit de l'impact. Elle n'avait gardé aucune cicatrice grâce aux pouvoirs miraculeux de Max. Mais elle se souvenait parfaitement de la douleur, de l'horreur de sentir la vie la quitter...

L'obscurité qui se refermait sur moi... Le sang qui trempait mon uniforme...

— Michael a raison, déclara Isabel. Ce serait trop dangereux. Prendre ce risque est exclu.

Maria regarda Michael, puis Isabel.

— Mais nous devons faire quelque chose ! objecta-t-elle. Pas question de laisser ce salaud s'en tirer comme ça ! Il a tiré sur Liz, bon sang !

Liz apprécia la loyauté de son amie de toujours,

mais elle dut reconnaître que Michael et Isabel avaient raison. Ils venaient de passer deux ans à effacer toute trace du drame du *Crashdown*... Voulaient-ils vraiment tout étaler au grand jour ? D'autant que le shérif Valenti ne pourrait pas les protéger...

— Je ne sais pas..., dit-elle d'une toute petite voix. Peut-être est-ce trop compliqué...

— Exactement ! affirma Michael. Que nous importe un crétin pareil ? Nous avons assez de problèmes avec les Skins et les agents rebelles du FBI. Oublions-le !

C'est plus facile à dire qu'à faire..., pensa Liz.

Intellectuellement, elle avait toujours su que son meurtrier se baladait en liberté. Mais elle n'aurait jamais cru le voir resurgir un jour dans sa vie... Comment se sentir encore en sécurité, après ça ?

Max partageait ses inquiétudes.

— Vous perdez de vue un détail, rappela-t-il. Il a vu Liz ! Les assassins n'oublient jamais le visage de leurs victimes. S'il l'a reconnue, il sait qu'elle peut l'identifier. Conclusion : elle est maintenant en danger de mort.

Je n'avais pas pensé à ça..., se dit Liz.

Elle tressaillit, affolée. Maria l'étreignit, puis lui tendit un flacon d'huile.

— Je ne suis pas sûre de vouloir me retrouver en face de lui..., avoua Liz, que cette idée terrifiait. (Son estomac se noua ; ses jambes flageolaient.) J'ai peur ! Et si je retombais sur lui et qu'il me reconnaisse vraiment ?

— Oh, ça peut s'arranger..., dit Isabel.

Plus grande que Liz, elle se campa devant elle et passa une main sur ses cheveux bruns...

... qui prirent aussitôt des reflets cuivrés.

— Et voilà, tu es rousse, maintenant ! (Un second

passage de la main… et le pull vert de Liz devint jaune citron. Isabel recula pour inspecter son œuvre.) Hum, oui, ça n'est pas si mal… Je doute que quiconque te reconnaisse. Surtout pas un gros abruti qui t'a aperçue il y a deux ans.

Maria sifflota, admirative.

— Tu dois faire de sacrées économies en vêtements et en cosmétiques, remarqua-t-elle, envieuse.

— Je pourrais également changer la couleur de tes yeux, Liz, et ta coiffure, mais je doute que ce soit nécessaire. (Elle sortit un poudrier de son sac, le tendant à son amie.) Regarde.

Elle a raison ! pensa Liz, émerveillée par la transformation. *Alors, voilà de quoi j'aurais l'air, en rousse…*

Isabel était douée. Liz se sentit nettement mieux.

— Merci, tu as eu une excellente idée, dit Max à sa sœur, tout en regardant bizarrement Liz. Mais c'est une solution temporaire. Tant que ce type sera en liberté, il sera une menace pour Liz.

La jeune fille lut dans ses yeux une farouche détermination ; il avait pris sa décision.

— Je ne sais pas vous, conclut-il, mais j'ai l'intention de traquer ce salaud afin de m'assurer qu'il ne fera plus jamais de mal à personne… Et j'agirai seul, s'il le faut !

CHAPITRE III

Je crois que je commence à entrer dans la peau du personnage, pensa Alex. *Qui l'aurait cru ?*

Il ne s'était jamais considéré comme un James Bond, sauf peut-être dans ses rêves les plus fous. Pourtant, il filait un individu dangereux dans des grottes immenses à plus de deux cents mètres sous terre…

Incroyable ce que traîner avec des extraterrestres peut améliorer une vie banale !

Localiser le tireur avait été facile. Le type faisait les cent pas devant la boutique de souvenirs, visiblement énervé. Le seul problème était de garder l'œil sur lui sans se faire remarquer. Alex feignit d'être fasciné par une formation rocheuse en forme de cône de glace.

Dommage qu'il n'y ait pas de kiosque à journaux…

Dans les films, les agents secrets et les détectives en trouvaient toujours un au cours d'une filature.

Surveillant le tireur du coin de l'œil, Alex ne s'étonnait plus que Liz ait eu si peur. Le lascar empestait les ennuis à plein nez… Il avait tout l'air d'un camionneur, ou d'un évadé. Voire d'un camionneur en cavale… Le genre de brute à bouffer des lycéens timorés au petit déjeuner.

Fallait-il qu'il ait l'air si mauvais ? demanda Alex aux puissances responsables de son destin.

Au contraire de Max ou de Michael, il n'était pas équipé d'un champ de forces et d'un rayon mortel.

Que faire s'il me repère ? Je prends mes jambes à mon cou !

Alex se rappela soudain l'appareil photo jetable qu'il avait acheté à la grande surface pour immortaliser ses amis. Il venait d'avoir une idée…

Il sortit l'appareil de son sac à dos et prit quelques clichés au hasard, histoire d'établir sa couverture. Puis il attendit que Flingueur approche d'une stalagmite pour la cadrer et retint son doigt jusqu'à ce qu'il soit dans le champ.

Et… *clic !*

Le flash fut plus violent que prévu. Alex déglutit avec peine quand le type se tourna vers lui. Il s'empressa de prendre d'autres instantanés avant de trouver le courage de jeter un coup d'œil dans la direction de son sujet involontaire – et ô combien intimidant.

Ouf ! L'homme ne faisait plus attention à lui.

Merci, mon Dieu, pensa Alex.

Son pouls reprit un rythme plus normal.

Et maintenant… Avait-il déjà trop tiré sur la corde ?

Sa résolution fut mise à l'épreuve dix minutes plus tard, quand l'objet de sa surveillance consulta sa montre et poussa un grognement satisfait. Après avoir jeté un papier de bonbon dans la poubelle la plus proche, Flingueur se dirigea d'un pas décidé vers la grande salle.

Qu'attend-il, bon sang ? se demanda Alex.

Il laissa quelques secondes d'avance au type, puis lui emboîta le pas.

Quand il réalisa que l'homme avait bien l'intention d'entrer dans la grande salle, il s'inquiéta. Et s'il croisait Liz et les autres ? Alex pensa à courir les prévenir, mais la grotte était immense…

Flingueur ne s'intéressait pas aux grottes. Il traversa la grande salle sans prêter attention aux curiosités naturelles, et s'arrêta au bord d'un gouffre appelé le « Puits Sans Fond ».

Alex déglutit, imaginant le gibier de potence en train de le jeter dedans… Il mettrait sans doute quelques minutes à atteindre le fond, où il s'embrocherait sur des stalagmites effilées.

Ça suffit ! grogna-t-il à son imagination débordante.

Inspirant profondément pour se calmer, il alla au bout de la caverne, marquant une pause devant chaque formation rocheuse.

Bon sang, ce que j'aimerais qu'il y ait un kiosque à journaux !

Entre-temps, Flingueur tapait impatiemment du pied. Qui attendait-il ? Liz ? Le regard du sale type passa sur Alex sans le reconnaître, qui retint un soupir de soulagement. Malgré le froid, la transpiration lui collait son T-shirt à la peau.

— Reste calme, se morigéna-t-il à voix basse. Liz compte sur toi !

Flingueur avait consulté sa montre quatre fois déjà quand un homme vint vers lui.

— Il était temps ! grogna-t-il, d'une voix aussi « chaleureuse » que le reste de sa personne. Vous êtes en retard.

Alex n'entendit pas la réponse du nouveau venu. Il se risqua à le regarder brièvement avant de se passionner pour une stalagmite aux étranges allures de Télétubby.

Ne faites pas attention à moi, les mecs ! pensa-t-il

très fort, regrettant de ne pas posséder le don de télépathie d'Isabel. *J'admire Tinky-Winky. Vous n'avez aucune raison d'être inquiets…*

Le compagnon de Flingueur n'aurait pu être plus différent de lui. Impeccablement rasé et peigné, il portait une veste de pilote, des lunettes de soleil du style aviateur et un pantalon bleu marine sans le moindre faux pli.

Il doit être cantonné à Fort Bliss ou à White Sands, pensa Alex, qui avait des militaires dans sa famille.

Ces deux bases étaient à quelques heures des Cavernes de Carlsbad… et interdites aux civils.

Qu'est-ce qu'un militaire peut fabriquer avec un fou de la gâchette comme notre ami Flingueur ?

Il pensa à immortaliser le lieutenant, mais craignit d'attirer l'attention. Les alentours du « Puits Sans Fond » étaient faiblement éclairés. Le flash alerterait les deux hommes ; Flingueur se souviendrait probablement d'avoir déjà été pris en photo par un jeune type… C'était trop risqué.

— Allons là-bas, fit Flingueur. Dans ce coin, on sera tranquilles.

Alex s'adossa à une colonne de pierre pour épier leur conversation. Mais l'acoustique étrange ne lui permit pas de tout entendre.

— Ecoutez, Morton, je dois… *inaudible*… aussi vite que possible ! se plaignit le lieutenant. (Au ton de sa voix, Alex déduisit que ça n'était pas une rencontre amicale.) Vous ne semblez pas comprendre la pression… *blanc, blanc*… me surveille sans cesse.

Flingueur, alias Morton, ne témoigna aucune sympathie à son interlocuteur.

— Ouais, ouais. Vous avez… *marmonnement*… la marchandise ?

Le lieutenant baissa la voix.

— *Quelque chose*… caché… *chuchotement*… pas ici… *murmure*… trop public… l'argent ?

— Vous l'aurez quand… *murmure*…, répondit Morton. (Ah, si Alex avait pu monter le volume ! Ces deux conspirateurs semblaient sur un gros coup.) Ce soir. Minuit… *marmonnement*… Canyon du Massacre.

Grâce à Max, Alex reconnut le nom d'une des grottes fermées au public. Le Canyon du Massacre… On se serait cru dans un épisode de Scoubidou !

Ce soir, il serait le théâtre d'une transaction illicite.

Est-il question de drogue ? De secrets militaires ? D'immigrés clandestins, du type non-extraterrestre ?

C'était possible, si près de la frontière mexicaine.

On n'a jamais su pourquoi Morton avait sorti son flingue, au Crashdown…

Leur entretien terminé, les deux hommes revinrent au bord du gouffre, forçant Alex à changer de place s'il ne voulait pas être repéré.

— Restez un moment, ordonna Morton au lieutenant. (Il cracha par terre.) Laissez-moi le temps de sortir avant de me suivre.

— Sûr, répondit nerveusement son complice.

Le militaire semblait avoir peur d'être pris sur le fait. Sinon, pourquoi aurait-il porté des lunettes de soleil plus de deux cents mètres sous terre ?

L'esprit hyperactif d'Alex lui fit entrevoir la possibilité d'un réseau international d'espionnage.

Dans quoi nous sommes-nous fourrés, cette fois ? se demanda-t-il, le cœur battant. *Depuis quand ma vie est-elle devenue un épisode sans fin de X-Files ?*

Présumant que Morton se dirigeait vers l'ascenseur, Alex se dit qu'il était temps d'aller faire son rapport à Max. Il contourna le pilier et courut vers la grotte où il avait laissé ses amis, zigzaguant entre les groupes de touristes.

Bon sang, c'est vraiment immense !

Quand il atteignit la petite grotte, dix minutes plus tard, il était hors d'haleine. Il ne reconnut pas la rousse assise entre Max et Maria, puis comprit, ébahi, que c'était Liz.

Ouah ! Plus bizarre, tu meurs !

Plié en deux, les mains sur les genoux, il répéta aux autres ce qu'il avait entendu.

— Morton doit se diriger vers l'ascenseur, conclut-il.

— Bien joué, Alex, le félicita Max.

Son expression placide était démentie par l'intensité volcanique de son regard. Max était du genre « il n'est pire eau que l'eau qui dort ». Là, il y avait des remous de mauvais augure.

Il se frappa la paume du poing.

— A moi de jouer ! conclut-il.

CHAPITRE IV

— Quoi ? fit Michael. N'as-tu rien écouté ? C'est trop dangereux !

Max ne fut pas sensible à ses arguments.

— Je vous l'ai dit, insista-t-il. (L'ancien et futur roi d'un monde extraterrestre n'avait jamais semblé si résolu.) Il ne m'échappera pas !

Isabel posa une main sur l'épaule de son frère.

— Inutile de le suivre maintenant, dit-elle. Tu as entendu Alex. Nous savons où il sera ce soir à minuit : au Canyon du Massacre.

Massacre…

Liz frémit. Elle aurait dû s'opposer au plan audacieux de Max, mais elle était trop secouée… Dès qu'elle essayait de se concentrer, ses souvenirs la ramenaient au *Crashdown…*

Voix coléreuses... Agitation... Attention ! Il est armé !

— Je sais, mais un truc inattendu pourrait l'empêcher de se pointer au rendez-vous. Je refuse de courir ce risque.

— D'accord, concéda Maria.

Elle savait combien Max pouvait se montrer têtu.

Comme lorsqu'il a essayé de me récupérer, après cette scène avec Tess..., pensa Liz.

— Mais avant de faire quelque chose de stupide, savoir ce que Morton fabrique ne t'intéresse pas ?

Comme il était étrange de donner un nom à l'homme qui *l'avait* tuée… *Morton…* Un patronyme affreusement banal pour un type si mauvais.

Est-ce son nom de famille ou son prénom ? se demanda-t-elle. *Oh, comme si ça avait la moindre importance !*

Maria tentait toujours de ramener leur ami à la raison.

— Sers-toi de ton cerveau tchécoslovaque alimenté aux super-pouvoirs, Max ! (Elle leva les mains, exaspérée.) Pour le moment, tu ignores dans quoi tu t'embarques !

— Très bien, tu as gagné… Je n'agirai pas avant d'en savoir plus. Mais je vais quand même le filer.

— D'accord, soupira Michael, résigné. Je t'accompagne, histoire de veiller à ce que tu ne te transformes pas soudain en petit ami vengeur.

C'est donc ça ? se demanda Liz.

Même bouleversée, elle avait conscience que Max se montrait infiniment moins prudent et pondéré qu'à son habitude.

Croit-il devoir faire payer son crime à Morton ? Ou lui en veut-il d'avoir dû utiliser ses pouvoirs, révélant la présence de sa sœur, celle de son ami et la sienne aux Unités Spéciales et aux Skins ?

— Bien, dit Max. Allons-y. (Il traversa la grotte et s'arrêta sous l'arche qui faisait office d'entrée.) Vous autres, remontez avec Liz. Nous vous retrouverons plus tard.

Soudain, Liz eut très peur qu'il soit blessé, ou pire, à force de jouer les preux chevaliers. Elle revit Morton tirer… mais sur son petit ami, cette fois.

— S'il te plaît, sois prudent !

— Oui, renchérit Maria, soyez prudents, tous les deux. Nous *savons* que ce type est armé et dangereux.

— Nous aussi, lui rappela Max avant de disparaître.

Liz écouta leurs pas mourir…

— Eh bien…, commenta Alex en secouant la tête. Depuis quand Max est-il devenu un tel dur à cuire ? On aurait dit l'inspecteur Harry !

— Il est inquiet pour Liz…, répondit Maria. Ce qui fait peur, c'est de voir Michael être soudain le plus raisonnable des deux… (Elle étreignit Liz, histoire de lui redonner du courage.) Qu'en dis-tu ? Es-tu prête à remonter à la surface ? Moi, j'ai très envie de revoir le soleil.

Elle joua pensivement avec son collier en argent.

— Si des filles aussi cool que nous étaient faites pour vivre sous terre, pourquoi serions-nous tellement à notre avantage avec un léger bronzage ?

— Euh, je suppose que tu as raison…, répondit Liz.

Elle avait toujours les jambes en coton, mais elle réussirait à remonter.

Peut-être me sentirai-je moins effrayée une fois dehors ?

Associerait-elle désormais sa rencontre terrifiante aux Cavernes de Carlsbad ? Ce matin, elles symbolisaient ses souvenirs d'enfance… Maintenant, elle ne désirait plus qu'une chose : s'en éloigner au plus vite…

Un bras réconfortant passé autour de ses épaules, Maria la guida dans la foule qui se pressait en direction de l'ascenseur.

— Tu viens, Isabel ? lança Alex.

— Pas tout de suite. J'ai un truc à faire avant de remonter.

— Hein ? fit-il, tiraillé entre le désir de rester avec ses amies et celui de découvrir ce que la fille de ses rêves avait derrière la tête. Pourquoi ? Que… ?

— Ne pose pas de questions, Alex. Aide Maria à ramener Liz à la surface. Je vous rejoins plus tard.

Quand Isabel avait décidé une chose, impossible de la faire changer d'avis. Elle était bien comme son frère.

Après tout, se rappela Liz, *ils sont de sang royal, même s'ils ne viennent pas de cette planète.*

— Mais… ? protesta Alex, abasourdi.

Liz l'était aussi.

— Obéis, Alex, insista Isabel avant de tourner les talons.

Alex la suivit du regard ; elle disparut vite dans la foule.

— Viens, Alex, dit Maria, lui rappelant qu'ils avaient une mission. Je suis sûre que notre amie, la princesse de l'espace, saura nous retrouver dès qu'elle aura réglé ses mystérieuses affaires extraterrestres. (Baissant d'un ton, elle demanda à Liz :) Sais-tu de quoi il retourne ?

Je n'en ai pas la moindre idée…

Le lieutenant David Ramirez, basé à White Sands, aurait voulu ne jamais avoir rencontré Joe Morton.

Comment me suis-je fourré dans ce guêpier ? se demanda-t-il en soupirant.

Morton trempait dans un tas d'affaires louches – drogue, jeu… *Et* il avait des relations qui permettraient à Ramirez de rembourser ses dettes pour recommencer une nouvelle vie ailleurs. Le chantage et la corruption étaient un mélange explosif auquel il n'avait pas pu résister.

J'aurais dû fermer ma grande gueule au sujet de ce maudit OVNI !

Il s'appuya à la rambarde de sécurité, plongeant un regard morose dans les profondeurs du Puits Sans Fond… Aussi obscures et abyssales que son avenir… Il ne se berçait pas d'illusions. Si ses supérieurs découvraient le pot-aux-roses, au mieux, il serait bon pour la cour martiale. Au pire, il « disparaîtrait » sans laisser de traces. Ce serait comme s'il n'avait jamais existé.

Ayant divulgué un des secrets les mieux gardés du gouvernement, il était coupable de haute trahison.

Peut-être tout se déroulera-t-il comme prévu ?

Il devait s'en convaincre, sinon il ne lui restait plus qu'à se jeter dans le vide…

Si je ne me fais pas pincer et si Morton tient parole, je n'aurai plus jamais de soucis d'argent, se rappela-t-il, histoire de voir le bon côté des choses.

Alors, il démissionnerait et se retirerait dans un coin où personne n'aurait entendu parler de Roswell et du crash, pour y vivre comme un roi.

— Ouais…, murmura Ramirez.

Il se voyait bien dans une belle résidence sur la plage, avec un garage rempli de grosses voitures et une maîtresse ou deux, des blondes bâties comme…

— Excusez-moi, auriez-vous l'heure ?

Surpris, il leva les yeux et se retrouva face à… l'incarnation de ses fantasmes. Il cilla derrière ses lunettes de soleil, décontenancé par cette vision à couper le souffle sortie de ses rêveries les plus torrides.

Elle était jeune, dix-huit ou dix-neuf ans, et tout simplement sublime. De longs cheveux blonds et lustrés flottaient sur ses épaules. Elle avait une bouche pulpeuse et une peau de velours. Sa veste en daim et son pull bleu en cachemire ne dissimulaient pas des courbes à faire pâlir d'envie les pin-up de *Play-Boy*. Ses grands yeux marron croisèrent les siens… et Ramirez sentit son cœur chavirer.

— Auriez-vous l'heure ? répéta-t-elle.

Elle avait une voix sensuelle et un peu rauque qui la rendait plus attirante. Ramirez mesurait un mètre quatre-vingt-cinq, et elle était assez grande pour le regarder dans les yeux.

Bon sang, quelle bombe !

— Euh, oui… l'heure, balbutia-t-il. (Il réussit à s'arracher à sa contemplation pour consulter sa montre.) Il est 12 h 45.

— Merci, répondit-elle avec un sourire. (Elle ne semblait pas pressée de s'en aller !) Désolée de vous avoir importuné… (elle ouvrit sa veste, révélant un peu plus ses courbes ultraféminines)… mais c'est comme si, ici, on était hors du temps. Les règles ne sont plus les mêmes !

Je contreviendrais bien à certaines règles avec toi, ma beauté !

Il avait mieux à faire que s'envoyer en l'air avec cette fille, aussi sensationnelle fût-elle ! Mais quelle distraction bienvenue !

— Oui. Ces grottes sont impressionnantes, n'est-ce pas ?

— C'est peu de le dire ! souffla-t-elle.

Elle se pencha par-dessus la rambarde pour inspecter le gouffre.

— *Ouah*, quel plongeon ! s'exclama-t-elle, avant de reculer en portant une main à son front, chancelant un peu. *Ooh*, j'ai la tête qui tourne…

Il se précipita pour la retenir.

— Là, tout va bien, dit-il, ravi de sentir son corps pressé contre le sien. (L'odeur enivrante de ses cheveux lui emplit les narines pendant qu'il lui caressait le dos – à travers bien trop d'épaisseurs de vêtements à son gré.) Ça va ? demanda-t-il, s'étonnant de sa chance.

De mieux en mieux !

— Oui, je crois…, murmura-t-elle, la tête posée sur son épaule.

Elle s'accrochait à lui, sans doute le temps que son malaise passe. Il ne demandait pas mieux que la soutenir aussi longtemps qu'il le faudrait !

— Juste un accès de vertige, continua-t-elle en frissonnant délicieusement. Vous devez penser que je suis faible…

— Non, pas du tout, assura-t-il. (Sa vulnérabilité la rendait plus sexy encore !) Comme vous l'avez dit, c'est un sacré plongeon. Ça n'est pas pour rien qu'ils l'ont baptisé le Puits Sans Fond !

Il eut un rire qui se voulait débonnaire.

Elle le regarda de ses grands yeux brillants de reconnaissance. Son sourire dévastateur lui fit oublier ses tracas.

— C'est gentil, déclara-t-elle. Je parie que *vous* n'avez jamais eu peur du vide…

Comment résister ?

— En fait, je suis pilote d'essai.

— Vraiment ?

Le ton émerveillé de la jeune beauté fit des miracles pour son ego malmené par les récents événements.

Ça marche à tous les coups ! pensa-t-il avec suffisance. *Les nanas sont folles de* Top Gun.

Elle rougit, semblant s'aviser qu'elle était toujours dans ses bras. Il réprima un soupir de frustration quand elle s'écarta – à contrecœur ? Elle restait assez près pour qu'il sente l'odeur de ses cheveux et savoure ses contours voluptueux.

— Je m'appelle Isabel DeLuca. Et vous… ?

Il hésita. Lui donnerait-il son vrai nom ? L'enjeu était de taille… Pas question de commettre une erreur fatale sous prétexte de flirter avec une fille renversante !

Après tout, pensa-t-il, *où est le mal ?*

Passer le week-end aux Cavernes de Carlsbad, sous couvert de visiter les curiosités de la région, ne serait pas si grave. Il dévora Isabel des yeux tandis qu'elle s'éventait d'une main langoureuse. Elle se décida à retirer sa veste, la plia avec soin et la posa sur la rampe, s'y adossant avec nonchalance.

En fait, pensa-t-il, *à quoi bon mentir ? Ça pourrait m'attirer des ennuis inutilement… Comme si je n'en avais pas assez comme ça !*

— Lieutenant David Ramirez, pour vous servir ! (Jetant la prudence aux orties, il retira ses lunettes de soleil et les fourra dans une des poches intérieures de sa veste de pilote.) Je suis basé à *White Sands*.

Elle écarquilla les yeux – exactement ce qu'il avait espéré.

— N'est-ce pas là qu'on teste les missiles « *Guerre des Etoiles* » ? demanda-t-elle, révélant qu'elle avait plus de connaissances sur le sujet qu'il s'y attendait. Travaillez-vous sur le projet ?

Une excuse légitime pour se montrer discret !

— J'ai peur de ne pouvoir vous en dire plus. (Un peu de mystère ne ferait pas de mal.) C'est une affaire de sécurité nationale, vous comprenez.

— Oh, bien sûr… J'aurais dû m'en douter. (Sa moue de *baby-doll* s'accentua. Entre ses cils épais, elle lui coula un regard énigmatique.) Mais ne pourriez-vous me souffler un indice ?

— Bien sûr... Ensuite, hélas, je serais obligé de vous tuer !

Il rit de nouveau, montrant qu'il plaisantait. En fait, il réfléchissait à toute allure. Devait-il tenter de l'attirer à son motel de *Whites City* ou lui demander son numéro de téléphone ? Une aventure torride d'un après-midi lui ferait oublier son rendez-vous avec Morton et tout ce qui risquait de mal tourner... Mais si elle tombait sur la marchandise, il *serait* forcé de l'éliminer...

— D'où êtes-vous ? demanda-t-il.

Si c'était une touriste, il mettrait les bouchées doubles pour la fourrer dans son lit... Malgré l'épée de Damoclès suspendue au-dessus de sa tête, rater une affaire pareille serait vraiment trop bête !

— Je suis née et j'ai grandi à... Artesia.

— C'est au sud de Roswell, non ?

Il n'avait presque jamais quitté la base.

— A une centaine de kilomètres, confirma-t-elle. A mi-chemin entre Roswell et Carlsbad. (Elle plongea ses grands yeux marron dans les siens.) Avez-vous déjà visité Roswell ?

Il se gifla mentalement pour avoir mentionné le nom en « R », alors qu'il avait presque oublié les secrets gouvernementaux et la vente prévue le soir.

— Dites, vous avez des projets pour l'après-midi ? demanda-t-il. Si nous allions boire un verre ?

Ça n'est pas très subtil..., reconnut-il en se rapprochant de la jeune femme avec son sourire le plus charmeur.

Maintenant qu'il la savait du coin, il n'était pas pressé. Il attendrait d'avoir terminé son affaire avec Morton pour conclure.

Quel mâle normalement constitué irait décourager une bombe pareille ? se demanda-t-il, incapable de résister au magnétisme d'Isabel. *Bon sang, regardez-la !*

Elle tressaillit... Ce n'était pas bon signe.

— Ç'aurait été avec plaisir, mais je dois retrouver des amis. (Elle tourna la tête vers la sortie.) En fait, je suis déjà en retard.

Et voilà, le râteau...

Au temps pour un après-midi magique ! pensa-t-il, agacé. (Son excitation retomba comme un soufflet.) *Mais qu'on ne vienne pas me dire que ce n'est pas une allumeuse de première !*

Alors qu'il avait déjà renoncé, Isabel lui fit un sourire entendu.

— Vous savez, lieutenant, j'aimerais beaucoup vous voir en uniforme, un de ces soirs... Je parie que vous ressemblez à Tom Cruise. (Elle lissa le revers de sa veste.) Et si vous me donniez votre numéro ?

Peut-être réaliserait-il ses fantasmes, après tout ?

— Oui, en échange du vôtre !

Elle tressaillit de nouveau, puis posa sur lui un regard enjôleur.

— Je préfère vous appeler, si ça ne vous dérange pas. (Elle haussa les épaules, rejetant ses longs cheveux blonds dans son dos.) C'est assez compliqué...

Un petit ami jaloux ? se demanda-t-il. *Des parents hyperprotecteurs ?*

N'ayant rien à perdre et tout à gagner, il griffonna son numéro de téléphone sur un bout de papier tiré de son portefeuille.

— Tenez. Vous me joindrez n'importe quand, sauf pendant mes heures de service.

— Naturellement. (Elle plia le billet et le fourra

dans sa poche.) Il faut que j'y aille, maintenant. Je vous contacte dès que possible !

J'espère bien ! pensa Ramirez en la regardant s'éloigner.

Peut-être n'entendrait-il plus jamais parler d'elle… Mais quand bien même, cet interlude était la meilleure chose qui lui soit arrivée depuis des lustres.

Il lui restait à éviter de finir derrière des barreaux.

Ou pire.

Ah, les hommes ! pensa Isabel.

Humains ou extraterrestres, c'étaient bien tous les mêmes ! Il suffisait de quelques battements de cils pour leur faire faire n'importe quoi… Le lieutenant n'avait pas été plus difficile à manipuler que les lycéens qu'elle menait par le bout du nez.

Se dirigeant vers l'ascenseur, elle se demanda si elle n'avait pas été trop loin, en feignant des vertiges… Hum, non. Il avait tout gobé, l'appât, l'hameçon et la ligne avec ! N'importe quelle femme aurait vu clair dans son petit jeu, mais… la gent masculine et la subtilité, ça faisait deux.

D'ailleurs, pensa-t-elle, *le cadre s'y prêtait.*

Puis Isabel reconsidéra les informations qu'elle avait soutirées au type.

L'armée se livre-t-elle à des expériences secrètes à la base de White Sands ? se demanda-t-elle en se mordillant nerveusement les lèvres.

Des visions d'autopsies sur des cadavres d'extraterrestres lui traversèrent l'esprit, réveillant des peurs enracinées en elle depuis toujours.

Que trafiquait le pilote de l'Air Force avec l'homme qui avait tiré sur Liz ? Leur mystérieux rendez-vous avait-il un rapport avec les extraterrestres de Roswell ?

Au fil des ans, Isabel avait appris à se montrer méfiante. Une conseillère d'orientation, un sénateur, une serveuse, de nouveaux amis et admirateurs… Tout cachait toujours des dangers insoupçonnés.

Ça ne s'arrêtera donc pas ? se demanda-t-elle. *Ne serons-nous jamais en sécurité, où que nous allions ?*

CHAPITRE V

— Il y a une chose au sujet de cette histoire de sang royal extraterrestre que je ne pige pas, dit Alex. Si Max est Luke Skywalker, Michael, Yan Solo, et Isabel, la Princesse Leia, qui sommes-nous ?

— Hum, j'ai toujours pensé qu'il y avait du C3-PO en toi, répondit Maria.

— Merci beaucoup ! fit Alex, feignant l'indignation.

Il était perché sur le banc où Liz et Maria avaient pris place.

— Eh, ne te plains pas ! J'aurais pu te comparer à Chewbacca ou à Jar Jar Binks ! (Maria lança un regard de connivence à son amie.) Qu'en dis-tu, Liz ? Alex est-il un droïd ou un Wookiee ?

Liz eut un pauvre sourire. Ses amis s'efforçant de lui remonter le moral, elle ne voulait pas les décevoir, mais… c'était plus fort qu'elle. Les nerfs à fleur de peau, elle sursautait au moindre bruit et balayait nerveusement la foule du regard, s'attendant à tout instant à voir débouler Morton.

Je n'ai jamais eu si peur de ma vie, même quand nous étions poursuivis par le FBI ou les Skins !

Les trois jeunes gens, cent pour cent humains, étaient assis dehors sous un soleil brûlant. Il faisait bien trente-cinq degrés à l'ombre. Des cactus filiformes, des agaves à fleurs rouges et des buissons ocotillo s'entêtaient à pousser autour du bâtiment de l'accueil. Non loin de là, un kiosque en bois était couvert d'affichettes relatives à la sécurité du parc.

Mais aucune ne disait comment affronter un monstre surgi du passé...

Liz regarda un vautour décrire des cercles dans le ciel... Cela l'incita à se plonger davantage encore dans sa sanglante expérience. Le soleil n'avait pas chassé le froid qui la glaçait jusqu'aux os.

— Ça va ? demanda Maria.

— Je ne sais pas trop..., confessa Liz. Je n'arrête pas d'y penser. A la fusillade au *Crashdown*...

Si son pull, désormais jaune citron, était roulé en boule sur le banc, elle restait bien trop habillée par cette chaleur étouffante. L'accueil avait l'air conditionné, mais elle n'était pas de taille à affronter la foule pour le moment. Malgré le soleil qui les rôtissait, Liz avait davantage besoin d'intimité que de fraîcheur.

— Je devrais m'être remise du choc, je sais... Max m'a sauvée. Grâce à lui, je suis toujours en vie. Mais depuis que j'ai revu Morton, c'est comme si tout se répétait !

Alex ne quittait pas la sortie des yeux. Que fabriquait Isabel ?

— C'est compréhensible, assura-t-il. Un jour, j'ai été tabassé en rentrant de l'école et j'ai passé les semaines suivantes à me croire suivi partout... (Le front plissé, il continuait de chercher Isabel ou Flingueur dans la foule.) Je m'en suis remis, avec le temps. Il faut prendre son mal en patience. Tu verras...

J'espère qu'il a raison, pensa Liz, désespérée. (Elle détestait se sentir vulnérable.) *J'ai été capturée par des métamorphes extraterrestres, pour l'amour de*

Dieu, et j'ai survécu ! Alors pourquoi suis-je tellement anéantie par cette histoire ?

Etouffant un sanglot, elle enfouit son visage contre l'épaule de Maria.

— Oh, seigneur..., fit celle-ci, d'une voix étranglée. (Elle s'empressa de renifler une fiole d'huile essentielle de romarin, puis la passa sous le nez de son amie.) Si tu veux, Liz, je te ramène à la maison. Alex restera pour prévenir les autres.

— Sûr, fit-il. Aucun problème. Partez quand vous voudrez. Ne vous en faites pas pour moi.

Liz secoua la tête. Le romarin n'apaisait en rien ses angoisses.

— Je ne peux pas ! Pas encore.

Pas question de se montrer ainsi à ses parents. Ils ignoraient tout...

Je serais incapable de leur cacher ce que je ressens...

— Bien, dit Maria. Nous avons tout notre temps. Je voulais juste que tu saches que c'était possible.

— Merci...

Liz ne resterait pas éternellement assise sur ce banc, mais l'idée de bouger l'effrayait.

Où sont Max et Michael ? Ne devraient-ils pas être revenus ?

Elle avait besoin de s'assurer que Max était sain et sauf et qu'il serait bientôt près d'elle.

Qui les soignera, si Morton leur tire dessus ?

Elle imagina le tireur viser son petit ami et...

BANG !

Une explosion soudaine la fit bondir sur ses pieds, haletante de terreur. Le cœur battant à tout rompre, elle fut transportée près de deux ans en arrière. Elle sentit la balle revenir se loger dans son ventre... Une odeur de poudre lui emplit les narines… Elle pressa les mains sur son ventre.

Aidez-moi ! Max ! Maria ! J'ai été blessée !

— Tout va bien, Liz !

Maria l'attrapa par un bras, les yeux rivés aux siens.

— C'est une voiture qui a eu un raté ! Rien d'autre !

Alex sauta de son perchoir pour s'asseoir à côté d'elle.

Une voiture ?

Liz ne parvenait pas à comprendre. L'adrénaline coulant dans ses veines la poussait à fuir. Son regard affolé cherchait Morton.

Une voiture ?

Une douleur cuisante, ou son souvenir, bourdonnait sous ses côtes. Elle baissa les yeux sur son ventre, s'attendant à voir du sang imbiber son T-shirt… Rien.

Entourée par ses amis, elle retrouva peu à peu ses esprits.

— Une voiture ?

— Oui, assura Maria en lui serrant la main.

— Tout va bien, Liz, renchérit Alex, son autre main dans la sienne. Tu n'as pas à avoir peur.

Vraiment ?

La panique de Liz reflua. Sa respiration se calma.

Une voiture, se dit-elle. *Un simple raté d'allumage*…

Mais alors, pourquoi avait-elle mal ?

Elle releva son T-shirt. Les cris étouffés de ses amis ne firent rien pour la rassurer. Elle baissa les yeux…

— Oh, mon Dieu ! souffla-t-elle.

Une empreinte de main argentée se détachait sur la peau frémissante de son ventre.

CHAPITRE VI

Heureusement que nos yeux ne lancent pas des rayons laser ! pensa Michael.

Ou Max aurait déjà percé un trou dans le crâne de Morton…

Les deux jeunes extraterrestres étaient au fond de l'ascenseur. Par bonheur, la taille et la corpulence du tireur l'empêchaient de se fondre dans la masse. Il y avait peu de chances pour que le type – qui rappelait étrangement à Michael son père adoptif, Hank – les reconnaisse, Max et lui. Morton et son complice avaient fui bien avant que Max n'attire l'attention en posant miraculeusement – et imprudemment – les mains sur Liz… Il ignorait qu'il avait changé leurs vies à jamais.

L'intensité du regard de Max mettait Michael mal à l'aise. Perdre ainsi son sang-froid ne lui ressemblait pas… D'habitude, il était plus prudent – excepté ce jour-là, au *Crashdown*.

Peut-être ai-je raison de m'inquiéter…

La dernière fois que Morton avait menacé Liz, Max avait tout risqué en utilisant ses pouvoirs en public. Qui savait de quoi il serait capable maintenant ?

Enfin, l'ascenseur atteignit la surface. Ignorant les expositions de photographies – dont une de Calvin

Coolidge et une autre de Herbert Hoover, venus en leur temps visiter les grottes –, Morton traversa le hall. Michael et Max le suivirent discrètement.

Au dernier moment, juste avant de franchir les portes, Morton jeta un coup d'œil derrière lui. Le cœur de Michael fit un bond dans sa poitrine. Il feignit de s'intéresser à une carte de la région, mais le tireur ne leur prêta aucune attention.

Il voulait sans doute s'assurer que son complice lui avait obéi, se rassura Michael.

Morton quitta le bâtiment. Michael compta jusqu'à cinq, puis lui emboîta le pas, mécontent de voir Max le devancer.

— Ralentis ! siffla-t-il. Tu vas nous faire repérer !

Après des heures passées dans la fraîcheur des grottes chichement éclairées, la chaleur et la lumière les surprirent. Le front plissé, Michael mit une main en visière. Certains jours, il aurait donné cher pour avoir une seconde paupière à l'instar de M. Spock.

Je suppose que nous ne sommes pas de la même espèce…, pensa-t-il tristement en cherchant Morton dans la foule.

Malgré le soleil aveuglant, il repéra sans peine sa casquette orange au milieu du parking.

— Là-bas, Max !

Il désigna la silhouette qui s'éloignait.

Visiblement, Morton comptait dire *adios !* au parc.

Max était sans doute arrivé à la même conclusion.

— Va chercher la Jeep ! (Il lui lança les clés.) Je ne le lâcherai pas d'une semelle.

— Tu es sûr ? demanda Michael. (A voir comment agissait Max, il hésitait…) Pourquoi n'y vas-tu pas toi-même ?

— Dépêche-toi ! s'impatienta Max.

Il s'éloigna à grands pas.

Fulminant, Michael flanqua un coup de pied dans une canette de Pepsi.

Dites à un type qu'il est l'héritier au trône d'une planète entière et il s'imagine aussitôt qu'il a tous les droits !

Mais discuter avec Max en ce moment ne servirait à rien. Michael traversa le parking au pas de course et s'installa au volant de la Jeep. Démarrant, il quitta son emplacement en veillant à ne renverser aucun touriste et – pire – à ne pas emboutir la Jetta de Maria.

A la sortie, Michael s'arrêta ; son ami sauta sur le siège du passager sans se soucier d'ouvrir la portière.

— Là ! (Il montra la route d'accès.) La Chevy bleue décapotable immatriculée au Texas... Ne le laisse pas filer !

Michael accéléra et s'engagea sur la 7 du Nouveau-Mexique. La Chevrolet bleue était à deux ou trois véhicules devant eux. Jusqu'où Max suivrait-il Morton ? Jusqu'au Texas... ou en enfer ?

Je parie sur l'aller-retour en enfer... (Il n'était toujours pas convaincu que cette filature était une bonne idée.) *Comme si nous n'avions pas assez d'ennuis et d'ennemis !*

Gardant une main sur le volant, il saisit la bouteille de tabasco à moitié pleine qui oscillait sur le tableau de bord et s'en envoya une bonne rasade. Le feu liquide rafraîchit son gosier extraterrestre.

Ahh ! Ça fait du bien.

Il tendit la bouteille à Max qui l'écarta d'un geste impatient.

Morton traversa Whites City, un minuscule piège à touristes, et continua sur la nationale des Parcs nationaux ou « route d'El Paso », en direction de la ville de

Carlsbad, à un quart d'heure des grottes. Le désert, à la monotonie parfois cassée par un mesquite ou un yucca, s'étirait de part et d'autre de la voie. En roulant à la limite de la vitesse autorisée, Michael générait un appel d'air assez frais pour leur éviter de cuire au soleil.

Il veillait à rester deux ou trois voitures derrière Morton, au grand dam de son ami.

— Nous finirons par le perdre ! dit Max pour la énième fois.

— Non, assura Michael.

Ça, pour une inversion des rôles... C'est moi qui suis censé être impulsif et imprudent !

— Tiens-tu à te faire remarquer ? ajouta-t-il. Ta Jeep est tout sauf discrète !

Max sombra dans un silence de mauvais augure. Son front bas et son regard de braise ne disaient rien qui vaille à Michael.

Je ne l'avais plus revu aussi en colère depuis sa confrontation avec l'agent Pierce...

— Alors, que comptes-tu faire ? demanda-t-il.

— Ce qu'il faudra, répondit son ami sans quitter la Chevrolet des yeux.

— Qu'entends-tu par là ? (Michael n'aimait pas du tout le ton de Max et il avait la ferme intention de lui dire sa façon de penser.) Tu veux tuer Morton pour venger Liz ? C'est ça, ton plan ? (Il serrait si fort le volant que ses phalanges avaient blanchi.) Jusqu'où es-tu prêt à aller, Max ?

— Je l'ignore... (Il recensa ses options et se rembrunit. Michael vit un muscle de sa mâchoire tressauter.) Plutôt loin, je suppose.

— Ah, oui ? le défia son ami, partageant sa concentration entre la route, la Chevy et Max. Laisse-moi te dire un truc, glorieux chef. Tuer quelqu'un, humain ou autre, ce n'est pas comme sécher un cours ou mentir à la police. Tu devras vivre avec ça le reste de tes jours !

Il parlait par expérience. Il lui avait fallu des mois pour se remettre d'avoir abattu l'agent Pierce, *même* en état de légitime défense. Parfois, ses cauchemars le réveillaient en sursaut. Quels seraient les tourments de Max s'il tuait Morton de sang-froid ?

— Crois-moi, au fond de toi, ce n'est pas vraiment ce que tu veux !

Max n'eut pas l'air convaincu. Mais il réfléchit aux propos de Michael.

Espérons que j'ai réussi à le convaincre, et qu'il ne fera rien que nous puissions tous regretter.

Ils roulèrent en silence quinze ou vingt minutes de plus. Puis Michael vit s'allumer le clignotant droit de la Chevrolet. La route était bordée de motels moyenne gamme ; Morton s'engagea sur le parking du *Motel 6*. Le jeune extraterrestre échangea un regard avec son ami.

Je suppose que nous n'irons pas au Texas, finalement... *Logique ! Morton retrouvera son complice ce soir, au Canyon du Massacre.*

Pour ne pas éveiller les soupçons, Michael passa devant l'établissement sans freiner. Max se tortilla sur son siège mais ne dit rien. Piaffant d'impatience, il attendit que son ami ait rangé la Jeep dans le parking du motel d'en face, le *Days Inn*. Mais pas une seconde de plus. Dès que le véhicule s'arrêta, il bondit dehors. Michael constata que la Chevy bleue était toujours garée devant le *Motel 6*. Devait-il en être déçu... ?

— Allons-y, dit Max.

Apparemment, savoir où logeait Morton ne lui suffisait pas. Il était prêt à continuer son audacieuse expédition.

— Attends, conseilla Michael en le retenant par un bras. Nous avons une ou deux choses à faire d'abord !

Il tira son ami entre deux véhicules utilitaires.

— Je suis l'exemple d'Isabel, expliqua-t-il. Comme ça, nous sommes sûrs que Morton ne reconnaîtra pas les deux types qui sont remontés avec lui des grottes.

Il se concentra comme Nasedo le lui avait appris et se passa une main dans les cheveux… qui virèrent au blond platine.

— Je vais enfin savoir si les blonds s'amusent plus que les autres ! plaisanta-t-il.

Il modifia ensuite la coupe et la couleur de ses vêtements. Son jean devint un pantalon kaki, son T-shirt noir un maillot de football bleu. Il ajouta des lunettes de soleil, pour faire bonne mesure.

— A toi, Max.

Celui-ci s'exécuta. Par solidarité avec Liz, il se fit des cheveux roux foncé et changea son jean et sa chemise en flanelle contre un T-shirt sans manches et un jean coupé.

— Beau boulot, fit Michael, impressionné. Les auréoles de sueur font la différence.

— Elles sont authentiques, assura Max en levant la tête vers le soleil. (Il mit ses lunettes.) Viens, nous n'avons pas toute la journée devant nous !

Non, nous avons jusqu'à minuit, pensa Michael.

Il se garda d'en faire la remarque à son ami.

Il avait hâte d'en finir et de retrouver Maria. A propos, comment se débrouillait-elle ? Elle saurait sans doute mieux s'y prendre pour calmer Liz que lui pour ramener Max à la raison…

Lequel de nous deux a la tâche la plus difficile ?

Ils durent faire près d'un kilomètre, inhalant des gaz d'échappement et de la poussière, avant de trouver un passage pour piétons. La chaleur qui faisait miroiter l'air au-dessus de l'asphalte donnait à leur course enfiévrée des allures d'hallucinations... Plus d'une fois, Michael dut dissuader Max de traverser au petit bonheur la chance, arguant que « devenir des pizzas étalées sur la chaussée » n'aiderait pas Liz – et ne mettrait pas Morton derrière des barreaux.

Une fois de l'autre côté, ils durent revenir sur leurs pas. Pendant le trajet, Max ne cessa de s'inquiéter : et si Morton changeait d'établissement ? Mais ils revirent la Chevy bleue devant la chambre 19 du *Motel 6*. Max colla son oreille à la porte pendant que Michael faisait le guet. Des éclats de voix filtraient de l'intérieur.

— C'est lui ?

— Je crois..., répondit Max en s'écartant quelques secondes plus tard. Mais il n'est pas seul. J'ai entendu une autre voix.

Michael fronça les sourcils. Un troisième homme ? Tout ça devenait compliqué... Combien de personnes étaient impliquées dans cette stupide conspiration – à supposer qu'il en existât une ?

— Et maintenant, ô chef sans peur et sans reproche ? demanda-t-il, sarcastique.

Il espérait que Max ne ferait pas une entrée fracassante dans la chambre de Morton. Bien sûr, ils avaient leurs pouvoirs, mais les deux hommes étaient certainement armés.

Allez, Max ! supplia-t-il en silence. (La bouche sèche, il aurait tué – façon de parler – pour une gorgée de tabasco.) *Ne fais pas l'idiot !*

Max restait accessible à la raison, même s'il avait un comportement qui ne lui ressemblait pas.

— J'ai un plan, annonça-t-il après réflexion.

Il invita Michael à le suivre et s'arrêta près de la

machine à glaçons, à une dizaine de mètres de la chambre.

— Ça devrait faire l'affaire, dit-il. Tiens-toi prêt.

— A quoi ? demanda Michael, qui n'avait aucune idée de ce que Max avait en tête. Quel est ton plan ?

— Regarde !

Rassemblant ses pouvoirs, il ferma les yeux et inspira profondément. Puis il les rouvrit, un bras tendu vers la décapotable qui réagit comme si elle était frappée par la foudre. Le klaxon et l'alarme se déclenchèrent. Les essuie-glaces commencèrent leur ballet tandis que le lave-glace giclait copieusement. Le moteur rugit, tel un animal préhistorique.

— Cool ! fit Michael, impressionné.

Va falloir que je me souvienne de ce truc…

Le boucan fit surgir Morton de sa chambre comme un diable de sa boîte. La porte s'ouvrit à la volée, claquant contre le mur. Le criminel déboula, un Smith et Wesson au poing. Déglutissant avec peine, Michael se demanda si le plan de Max était si bon que ça, tout compte fait… Morton se précipita pour couper l'alarme, les essuie-glaces et ainsi de suite tout en cherchant le coupable du regard. Ses yeux injectés de sang se posèrent sur les deux jeunes gens campés près de la machine à glaçons, puis sur la Chevrolet, comme pour calculer la distance.

— Eh, vous ! lança-t-il. Vous avez vu quelqu'un approcher de ma voiture ?

— Non, monsieur, répondit Michael. (Par bonheur, il avait eu des années pour peaufiner son personnage de crétin.) Nous venons d'arriver…

Morton devait avoir décidé qu'ils n'étaient pas coupables, car il leur tourna le dos sans un « merci ».

— Bon sang ! grogna-t-il, perplexe, flanquant un

coup de pied dans un pneu. (Sa casquette ôtée révéla une calvitie prononcée ; il se gratta le crâne.) Je ne comprends pas. Comment diable… ?

— Que se passe-t-il ? demanda une voix nerveuse venant de la chambre. Morton ?

Un second individu émergea du 19 : un Asiatique d'une tête de moins que Morton et à l'air franchement moins menaçant. Il portait des lunettes et un T-shirt *Buffy contre les Vampires*. Son regard balaya furtivement les alentours, comme s'il craignait d'être vu en compagnie de Morton. Il aurait aussi bien pu se faire tatouer « coupable » sur le front…

Michael se demanda de nouveau ce qui se tramait.

Un criminel, un militaire et un débile…, pensa-t-il, dressant mentalement la liste des suspects.

Max réagit plus violemment à l'apparition du troisième homme.

— Que… ? grogna-t-il tout bas. J'ai déjà vu ce type !

Hein ?

Michael en était certain : ce jour-là, au *Crashdown*, ce ringard n'était pas le compagnon de Morton… Max l'avait-il remarqué au Musée de l'OVNI ? C'était la seule explication.

— Que veux-tu dire ? murmura-t-il.

Il fallut quelques secondes à Max pour identifier l'Asiatique.

— A l'Université de Las Cruces… Il était au labo le jour où je me suis glissé dans le canon à particules pour saboter l'expérience de l'agent Pierce !

— Quoi ? fit Michael, assommé par ce dernier rebondissement.

Comment aurait-il pu oublier ?

Sans Max, je moisirais en prison pour le meurtre de Pierce…

Abasourdi, il regarda le scientifique convaincre Morton de baisser son arme et de rentrer. La porte turquoise se referma sur les deux lascars.

— Tu en es sûr ? demanda-t-il.

Non, ça n'a pas de sens…

— Oui, affirma Max, sans quitter des yeux la porte close. (Michael ne sentait pas le moindre doute chez lui.) Il était là, avec Whitaker et les autres !

Whitaker… un Skin.

Cette fois, c'est sûr, ma paranoïa vient de grimper aux rideaux ! pensa Michael.

Supposer que Morton était un criminel et que la fusillade du *Crashdown* résultait d'un deal ayant mal tourné était une chose. Mais visiblement, le tireur trempait dans une affaire beaucoup plus louche…

Que fichait Morton, ce jour-là, à Roswell ? Et que complote-t-il aujourd'hui ?

— C'est bon, tu as gagné, Max ! Il faut absolument en savoir plus sur cette histoire.

CHAPITRE VII

— Névrose posttraumatique, diagnostiqua Alex. C'est de ça que tu souffres, Liz. J'en suis sûr.

Et moi qui pensais être devenue folle...

Assise à côté de Maria, Liz faisait face à Alex et à Isabel, qui les avaient rejointes. La chaleur les avait poussés à trouver refuge dans le petit restaurant du hall d'accueil. Liz picorait sans conviction des nachos couverts de fromage fondu. Ses amis lui avaient également commandé un milk-shake et des tamales auxquels elle n'avait pas touchés. A la table voisine, un bébé martelait sa chaise haute de coups de cuillère en hurlant à gorge déployée. La jeune fille tressaillait involontairement chaque fois que l'ustensile métallique heurtait la tablette. Les cris perçants du bambin mettaient ses nerfs à rude épreuve.

— Névrose posttraumatique ? répéta-t-elle, pas très sûre de comprendre où son ami voulait en venir.

— Exactement, confirma-t-il. J'aurais dû le voir plus tôt. (Il trempa un nacho dans du fromage fondu.) J'ai rédigé un devoir sur le sujet au semestre dernier, pour le cours de psychologie. Liz, tu es un cas classique de névrose posttraumatique... Enfin, si on oublie l'empreinte argentée.

Comme si c'était facile !

L'empreinte de main était cachée sous son T-shirt, mais sa peau picotait comme le jour où Max l'avait sauvée... Alors, il lui avait laissé une marque identique qui avait disparu deux jours après. Pourquoi était-elle réapparue ? Max n'avait pas utilisé ses pouvoirs sur elle. Il ne l'avait même pas touchée !

— Explique-toi, Alex, demanda Maria. (Des flacons d'huile aromatique s'alignaient devant son assiette et elle avait posé une main réconfortante sur le genou de son amie.) Ça n'est pas ce truc dont souffrent les vétérans du Viêtnam ?

Le jeune homme acquiesça.

— Les soldats, les victimes de catastrophes, tous ceux qui ont subi une expérience traumatisante sans bénéficier des conseils d'un psy. Les symptômes de Liz correspondent : flash-back, nervosité, sensibilité exacerbée au bruit, incapacité de se concentrer ou de prendre des décisions.

S'avisant combien c'était décourageant, il s'empressa d'ajouter :

— Il n'y a pas à avoir honte, Liz. C'est une réaction psychologique parfaitement normale après ce qui t'est arrivé.

— Mais ça va faire deux ans ! dit Maria. (Choisissant une fiole, elle la porta à son nez.) Pourquoi maintenant ?

— Parfois, les symptômes apparaissent des années après le traumatisme. Dans le cas présent, revoir Morton a dû ramener au premier plan les souvenirs enfouis de Liz.

Liz se souvint du test que leur avait fait passer feu

l'agent Topolsky… Selon les résultats, Alex ferait un excellent psychiatre.

— Quand on y pense…, Liz n'a jamais consulté de psy après le drame puisque, dans l'intérêt de Max, elle a dû mentir et prétendre que rien n'était arrivé… (Alex sourit à son amie.) Hé, je suis surpris que tu n'aies pas craqué avant !

— Eh bien, j'étais très occupée. Tu sais, à sauver le monde, et le reste…

Liz devait admettre que le raisonnement d'Alex se tenait. Il lui semblait que ses souvenirs revenaient la hanter sans crier gare…

— Nos vies n'ont pas été de tout repos, renchérit Isabel.

La princesse extraterrestre leur avait résumé sa rencontre avec le lieutenant David Ramirez – en restant vague sur la tactique employée par égard pour Alex.

— D'accord, d'accord, fit Maria, pas vraiment convaincue. Je te l'accorde, Liz a sans doute du mal à digérer qu'on lui ait tiré dessus… Mais comment expliques-tu l'empreinte, docteur Freud ?

Alex mâcha soigneusement un nacho, le temps de réfléchir à cette colle.

— J'ai une explication, mais elle peut sembler tirée par les cheveux… (Les trois jeunes filles, suspendues à ses lèvres, attendirent qu'il développe. Il soupira, mains levées.) Et si c'était la manifestation psychosomatique de sa névrose posttraumatique ?

— Hein ? rit Maria. Tu plaisantes ? C'est tout ce que tu as trouvé ?

Assise à côté d'Alex, Isabel avait l'air tout aussi sceptique, mais elle s'abstint de contredire son admirateur. Liz apprécia sa retenue. Après tout, il essayait de l'aider.

— Réfléchis une seconde ! insista Alex. Isabel, Nasedo n'a-t-il pas annoncé à Michael que vos pouvoirs extraterrestres étaient en fait tout ce qu'il y a de plus *humains* ? Vous utilisez les parties du cerveau dont nous n'avons pas appris à nous servir ?

— Oui. Et alors ?

Le visage d'Alex s'éclaira.

— Vous ne voyez pas ? Rien n'empêche le cerveau de Liz d'imiter inconsciemment ce qu'a fait Max, surtout si ses cellules ont gardé une mémoire génétique de l'empreinte d'origine. (Il but une grosse gorgée de Mountain Dew, *boostant* son imagination à la caféine.) Ou alors, les connexions établies par Max ont stimulé le cerveau de Liz et il aura reproduit l'empreinte tout seul.

— Comme des stigmates ? suggéra Liz. (La théorie d'Alex éveillait son intérêt de scientifique.) Comme ces gens qui développent des marques spontanées ?

— Oui. L'inconscient est capable de toutes sortes de choses bizarres, et Dieu sait que tu as assez apporté d'eau au moulin du tien ! (Il mâcha un nacho détrempé par le fromage.) Plus j'y pense, plus ça me paraît plausible. J'en suis quasiment sûr, Liz : ton cerveau a *créé* l'empreinte. (Il se tourna vers Isabel pour quêter une confirmation de son génie.) Beau travail, non ?

A son grand désarroi, elle ne parut pas convaincue.

— Tu as peut-être raison…, fit-elle, évasive.

— … dit la fille qui écoute des CD sans lecteur ! rappela Alex, indigné. Et qui s'infiltre à son gré dans les rêves des autres… Après tous les trucs bizarres qui nous sont arrivés, des extraterrestres voleurs de corps au voyage dans le temps, est-il trop difficile d'accepter qu'une empreinte de main puisse être induite par le stress ?

Malgré son état émotionnel, Liz trouva le ton d'Alex plus tranchant que nécessaire.

Il doit être jaloux. Il devine comment Isabel a soutiré des informations au lieutenant…

Pas besoin d'être Mata Hari pour imaginer la scène. Isabel pouvait séduire n'importe quel homme en deux temps trois mouvements.

Désolée pour Alex, Liz ramena néanmoins la conversation sur le sujet qui l'intéressait.

— Admettons que tu aies raison, Alex, que suis-je censée faire ? J'ai l'impression que mes nerfs vont lâcher. (A la table voisine, le bébé recommença à brailler. Liz serra les dents.) Comment puis-je faire passer ça, Alex ?

— Je l'ignore… D'après les manuels, tu devrais consulter un spécialiste, mais je suppose que c'est hors de question…

Il regarda Isabel, qui ne devait pas apprécier sa suggestion.

— Non ! répondit vivement Liz.

Elle avait trop souvent mis la vie de Max en danger. Peu importait son état d'esprit, elle refusait de compromettre une fois de plus sa sécurité.

Alex hocha la tête.

— C'est ce que je pensais… Dans ce cas, je te conseille de ne pas refouler tes souvenirs, car il importe d'analyser ce qui nous perturbe avant de le surmonter. D'une manière ou d'une autre, tu dois affronter tes peurs et en finir avec elles. (Il haussa tristement les épaules.) Plus facile à dire qu'à faire, je sais…

Ça… ! pensa Liz avec amertume. *Je ne peux pas*

entendre une voiture faire un raté – ou un bébé vagir – sans m'effondrer.

— Nous sommes avec toi, tu sais ? lui rappela Maria en poussant vers elle une de ses fioles.

— Oui, répondit Liz.

Pour lui faire plaisir, elle porta le flacon à son nez. L'odeur ne calma pas ses angoisses. Où étaient Max et Michael ? Que se passait-il ? Ils étaient partis depuis deux heures ! Elle ne se détendrait pas avant de les avoir revus. Et si Morton pointait son arme sur Max en ce moment même ?

BANG !

Le bébé avait recommencé son solo de batterie ; chaque coup faisait tressaillir Liz. Ses cris perçants montèrent en puissance. Comment pouvait-elle affronter ses peurs avec tout ce raffut ?

Liz se boucha les oreilles, mais son imagination la ramenait constamment au passé… Elle revit Morton agiter son arme dans la salle du *Crashdown*. Les cris du bébé se confondirent avec ceux de Maria. Les balles désintégrèrent une rangée de verres avant que l'une d'elles touche Liz à l'abdomen…

— Stop ! implora-t-elle. *Stop !* Je ne peux plus le supporter !

— Tiens bon, dit Isabel en quittant la table.

Elle se dirigea vers le buffet, passant près de la chaise haute. Seuls ceux qui connaissaient ses pouvoirs la virent en effleurer le dossier.

Quand le bébé frappa de nouveau sa tablette, il n'obtint pas le bruit escompté. Perplexe, il en oublia de pleurer, le temps de regarder sa cuillère, ébahi. Puis il la fourra dans sa bouche… et commença à gazouiller de plaisir en la suçotant comme un bonbon.

Isabel revint s'asseoir avec deux gressins.

— Merci, dit Liz en s'essuyant les yeux avec une serviette en papier.

Elle appréciait énormément le geste de son amie.

Si nous pouvions résoudre tous nos problèmes si facilement, et sans courir de dangers…

Où étaient donc Max et Michael ?

CHAPITRE VIII

— Cette grotte abrite plus de trois cent mille chauves-souris, annonça le ranger. Pour le moment, elles dorment la tête en bas, à un kilomètre de l'entrée. Bientôt, elles partiront en quête de moustiques, de papillons et d'autres insectes volants.

« Croyez-moi, voir un essaim s'envoler à l'air libre est très impressionnant.

Des dizaines de touristes se pressaient dans l'amphithéâtre à ciel ouvert pour assister à une des attractions majeures des Cavernes de Carlsbad : l'envol des chauves-souris. Les gradins de pierre et de ciment faisaient face à la bouche béante de la grotte principale. A l'ouest, le soleil allait disparaître à l'horizon… Le spectacle commencerait bientôt. Les enfants montaient et descendaient les marches, se tortillaient entre leurs parents ou essayaient d'effrayer leur petit frère ou leur petite sœur en agitant des chauves-souris en plastique achetées à la boutique de souvenirs. Un petit plaisantin avait apporté un lecteur de CD portable pour passer le thème de *Batman*.

— Que fichons-nous ici ? demanda Max, aussi impatient que les gamins turbulents.

Tous occupaient les gradins de pierre, sauf Michael qui s'était porté volontaire pour rester au *Days Inn* et garder un œil sur Morton. Ainsi, son ami avait pu revenir. Liz avait d'abord été surprise par son changement d'apparence. La voyant perturbée, il s'était empressé de reprendre sa véritable identité. Pour des raisons de sécurité, et pour sa tranquillité d'esprit, les cheveux de la jeune fille étaient toujours aussi flamboyants.

— L'accueil est fermé et au coucher du soleil, tous les visiteurs se réunissent ici ! bougonna Maria, assise de l'autre côté de Liz. (Elle n'était pas ravie que Michael surveille un criminel armé et dangereux.) Tu nous répètes sur tous les tons que nous devons nous fondre dans la masse !

En fin de journée, la chaleur redevenait supportable.

— Et puis, les chauves-souris, c'est cool..., ajouta-t-elle.

— Je suppose, soupira Max en regardant sa montre.

Liz le savait impatient d'aller espionner la rencontre entre Morton et Ramirez.

Où se situe le Canyon du Massacre, par rapport à ici ? se demanda-t-elle. *Suis-je certaine de vouloir que Max suive Morton dans le désert ?*

Quand Max était revenu, ils avaient comparé leurs « notes ». Il leur avait parlé de la réapparition mystérieuse du scientifique, puis Isabel était passée au lieutenant Ramirez... Liz ignorait ce que tout cela signifiait et elle doutait que ses amis y voient plus clair qu'elle. Mais la situation devenait alarmante. Morton en compagnie d'un pilote d'essai basé à White Sands... Puis d'un physicien nucléaire. Tout ça sentait à plein nez l'intrigue autour des vestiges du Crash !

Elle frissonna. Ah, si elle pouvait se rouler en boule dans un coin, loin de Roswell et de ses secrets ! Elle était censée être en vacances, se rappela-t-elle avec une ironie douce-amère.

— Tout va bien, Liz ? demanda Max, la dévisageant de ses grands yeux expressifs. (Elle supposa qu'Alex ou Isabel lui avaient parlé.) Tu as traversé des moments pénibles. Je suis désolé de n'avoir pas été près de toi.

Elle détecta un soupçon de culpabilité dans sa voix.

— Ce n'est pas grave. (En période de crise, chacun devait prendre sur soi. Elle le dévisagea à son tour.) Tu faisais ce que tu pouvais… pour moi. Morton est mon problème, pas le tien.

— J'aimerais agir ! répliqua-t-il, farouche. L'idée qu'il est là, à faire ses petits trafics, après avoir failli te tuer…

Son expression se durcit encore ; il serra les poings. A ses pieds, un morceau de béton de la taille d'une balle de tennis explosa. Penaud, il jeta des regards furtifs à la ronde, s'assurant que personne n'avait surpris cette désintégration anormale. Mais à part ses amis, nul n'y avait fait attention.

— Ça me rend dingue ! Tu ne peux pas savoir à quel point…

Du coin de l'œil, Liz vit Maria lorgner Max comme s'il s'était transformé en bombe à retardement. Alex et Isabel aussi le surveillaient discrètement. Elle sentit leur malaise et apprécia qu'ils n'interviennent pas dans leur tête-à-tête.

— Si, je sais, répondit-elle.

A le voir bouillir de rage et de frustration, elle se demanda lequel avait été le plus perturbé par la réapparition de Morton : Max ou elle ? La possibilité qu'il soit blessé ou tué en voulant la venger la tourmentait.

Je ne me le pardonnerais jamais s'il lui arrivait malheur par ma faute !

— Rien ne t'y oblige, Max ! (Croisant son regard, elle l'implora de revenir sur sa décision.) Nous pourrions rentrer et tenter d'oublier…

— Il est trop tard, Liz. Les choses sont allées trop loin. Nous devons apprendre ce que Morton manigance avec le lieutenant et le scientifique. Dans notre intérêt. (Il sourit tristement.) D'ailleurs, Michael et moi avons déjà réservé deux chambres au *Days Inn.*

L'idéal pour surveiller Morton vingt-quatre heures sur vingt-quatre..., pensa Liz. (Elle comprit qu'elle allait loger tout près du tireur fou et son estomac se noua.) *Je préférerais encore dormir avec ces centaines de milliers de mammifères au-dessus de la tête !*

Max avait pourtant raison : Morton devait être tenu à l'œil. Hélas, dans son état de nervosité, elle n'était bonne à rien.

Quand redeviendrai-je moi-même ?

Au pied de l'amphithéâtre, le ranger se tourna vers le soleil couchant, puis consulta sa montre.

— Ça ne devrait plus tarder, mesdames, messieurs, annonça-t-il. Rappelez-vous : pas de photo.

Un silence impatient tomba sur l'assistance. La musique de Danny Elfman monta vers le ciel du désert tandis que des dizaines de paires d'yeux se tournaient vers l'entrée de la grotte.

— Y as-tu déjà assisté, Max ? demanda Liz, essayant de profiter de l'instant.

— Une fois, quand j'étais môme, répondit-il avec un sourire fugace. Isabel était terrifiée à l'idée que les chauves-souris puissent se prendre dans ses cheveux.

— Dommage que Michael ne soit pas là, soupira

Maria. Les garçons adorent les chauves-souris, les serpents et ce genre de trucs, non ?

Avant que Max ou Liz aient le temps de répondre, des froissements retentirent dans la grotte, comme si des milliers de feuilles de papier étaient agitées par le vent. Les spectateurs retinrent leur souffle, se penchant pour mieux voir. Un nuage d'ailes noires jaillit de l'ouverture béante. Par vagues, les centaines de milliers de chauves-souris s'élançaient vers le ciel, telle une tornade vampirique. Leurs cris perçants se répercutaient entre les parois rocheuses, rivalisant avec les braillements excités des touristes.

— *Ouah !* s'exclama Alex en bondissant sur ses pieds. (A côté de lui, Isabel se fit toute petite, les mains sur les cheveux.) On se croirait dans *Les Oiseaux* d'Hitchcock – les plumes en moins !

La réaction de Liz les prit tous par surprise. Bien qu'elle sût à quoi s'attendre, ayant déjà assisté à la scène, le coup de tonnerre de l'envol des chauves-souris, le tourbillon de corps et d'ailes la ramenèrent brutalement au *Crashdown*, le jour du drame.

Aidez-moi !

Ses cris hystériques furent noyés par le tumulte.

Une douleur terrible se diffusa au creux de son ventre. L'obscurité, aussi sombre que la mort, l'engloutit.

Max ! Où es-tu ? Je meurs !

L'obscurité l'enveloppait toujours quand ses amis la firent sortir de l'amphithéâtre.

CHAPITRE IX

Un coyote hurla à la lune.

Max et Michael étaient tapis derrière un rocher, sur une avancée surplombant la sinistre grotte du Canyon du Massacre. Ils étaient arrivés là avant minuit, histoire de prendre position sans tomber sur Morton ou sur Ramirez. L'accès aux grottes était suspendu au coucher du soleil, mais camper sur les quinze hectares du site restait toléré. Les deux jeunes gens n'avaient donc pas eu à tromper les gardes ou à escalader des clôtures.

Jusqu'ici, tout baigne..., pensa Max.

Il détestait devoir quitter de nouveau Liz, surtout après ce qui s'était passé pendant le vol des chauves-souris, mais il n'avait pas le choix.

Si quelqu'un doit démasquer Morton, c'est moi ! Pour Liz... et pour moi.

Une fois loin de la foule et du tumulte, elle s'était calmée. En théorie, elle se reposait au motel en compagnie de Maria, d'Isabel et d'Alex. La voir si anéantie avait brisé le cœur de Max. Et renforcé sa détermination : d'une manière ou d'une autre, il mettrait fin aux agissements criminels de Morton. Liz redeviendrait la jeune fille qu'il aimait depuis si longtemps.

Une colère froide l'envahit. Les poings serrés, il sentit monter en lui des forces redoutables. Ses pouvoirs étaient tout à fait en mesure de tuer un homme, Max le savait. Mais que ressentirait-il en enflammant le cœur de Morton, en réduisant sa cage thoracique en cendres ? Une perspective aussi terrifiante que fascinante…

Serais-je capable de tuer Morton de sang-froid ?

Il revit Liz étendue sur le carrelage, au *Crashdown Café*, du sang maculant son uniforme et formant une mare sous elle…

Je n'ai jamais eu aussi peur de ma vie !

Il entendit de nouveau Maria hurler, sentit Michael l'attraper par un bras, la chaleur quitter la peau soyeuse de Liz…

Oh, pitié, non ! Tu ne peux pas mourir !

Il secoua la tête, s'arrachant à ses terribles souvenirs, et frémit. Son corps réagissait encore à des événements survenus près de deux ans plus tôt. Le canyon isolé, éclairé par un croissant de lune, offrait un décor très différent de celui du *Crashdown*, avec ses peintures kitsch. Pourtant, en pensée, il restait agenouillé là-bas, près de Liz qui se vidait de son sang… Comment pouvait-on agir ainsi ? Une personne aussi belle, intelligente et aimante que Liz valait un millier d'ordures comme Morton ! Comment avait-il osé lui tirer dessus ?

Le sang extraterrestre de Max bouillait dans ses veines. A cet instant, il aurait anéanti le meurtrier sans hésiter une seconde.

— Ça va, *kemo sabe* ? demanda Michael.

A l'instar de son ami, il avait troqué son « déguisement » contre ses habituels cheveux en bataille. Les jumelles achetées à Whites City posées sur les genoux, il gardait une précieuse bouteille de tabasco à ses pieds.

— Oui, assura Max. J'ai hâte que tout ça soit fini pour retourner près de Liz. (Il regarda sa montre : 23 h 35.) Bientôt...

— Pourquoi crois-tu que cet endroit s'appelle le Canyon du Massacre ? demanda Michael avant de boire une gorgée de tabasco. Encore un épisode sanglant de l'histoire indienne ?

— Aucune idée, répondit Max en grimaçant. (Ses jambes s'ankylosaient.) J'avoue que je m'en fiche.

Il regarda son ami... et son sang se figea.

— Ne bouge pas ! murmura-t-il, attentif à ne plus remuer un cil. Quoi qu'il arrive, ne bouge surtout pas !

A l'ombre d'un cactus, ses écailles cuivrées brillant au clair de lune, un serpent à sonnette se dressait à quelques centimètres de la cheville de Michael... Sa langue fourchue jaillissait entre ses mâchoires de prédateur.

L'avertissement rendit Michael perplexe.

— Quoi ? chuchota-t-il en obéissant néanmoins.

Comme en réponse, le serpent agita la queue telle une maraca, produisant le bruit inimitable propre à son espèce.

— Oh, misère ! souffla Michael.

Le venin affecterait-il le métabolisme extraterrestre de Michael ? Max n'avait pas envie de le découvrir. Retenant son souffle, il foudroya le reptile du regard.

Va-t'en ! (Il regrettait de ne pouvoir communiquer avec les animaux, comme certains extraterrestres de télévision.) *Ne fais pas attention à nous... Nous ne te voulons aucun mal.*

Si le serpent l'entendit – hautement improbable –, il « fit la sourde oreille »... L'intrusion de deux bipèdes le perturbait. Sa queue s'agitait de plus en plus. Il siffla, ses crocs dégoulinant de venin. Sa tête recula… puis frappa.

— Non ! cria Max, libérant l'énergie destructrice accumulée en lui.

Il tendit une main ; un éclair aveuglant en jaillit.

Des crépitements couvrirent les sifflements du serpent.

Surpris par la décharge d'énergie, Michael glapit et s'écarta à quatre pattes du reptile, mettant une bonne distance entre eux avant d'oser jeter un coup d'œil.

— Pfft !

Il étudia la dépouille. Des volutes de fumée s'élevaient du tas de chair et d'os carbonisés. La frappe mentale de Max avait brûlé la terre autour de la créature. Michael se releva et poussa le cadavre du bout du pied. Le serpent à sonnette ne ferait plus ce bruit de crécelle, le cartilage produisant ce son de mauvais augure ayant fondu avec le reste.

Michael l'envoya valser d'un coup de pied, révélant une flaque de verre craquelé et décoloré, tel l'épicentre d'une explosion atomique miniature. La chaleur, très intense, avait fait fondre le sable.

— Eh ben, Max… Il faut vraiment que tu travailles ton contrôle ! (Il ramassa son tabasco, but une bonne rasade et s'essuya la bouche d'un revers de main.) Je te suis très reconnaissant de m'avoir sauvé, mais si tu ne fais pas gaffe, tu finiras par tuer quelqu'un.

Max contempla les restes fumants avec une satisfaction mêlée d'écœurement. Il lui vint à l'esprit, un peu tard, qu'incinérer le serpent à sonnette ne s'imposait pas… Il aurait suffi de l'éloigner avec un champ de forces.

Je ne vais pas pleurer sur les serpents, maintenant ! pensa-t-il.

— Bon sang, mais nous sommes poursuivis par les créatures qui muent ! grogna Michael en pensant aux Skins.

Encore sous le choc, il s'étira et jeta un coup d'œil au canyon... Les yeux ronds, il plongea à plat ventre, soulevant un nuage de sable et de poussière. Max faillit éternuer. Il lui plaça vivement un doigt sous le nez, tout en lui faisant signe de la boucler.

— Regarde...

Max leva la tête... Et siffla tout bas.

Pendant l'interlude « serpent à sonnette », Morton était apparu sur la piste du Canyon du Massacre. Un sac à dos sur les épaules, une lampe torche dans une main et un pistolet dans l'autre, le gibier de potence grimpait la pente raide. Arrivé à l'entrée de la grotte, il haletait. Des panneaux interdisaient l'accès aux touristes sans guide, mais celui-là ne venait certainement pas se livrer à de la spéléologie sauvage... Il posa son sac et s'assit sur un rocher plat pour attendre Ramirez.

La nuit était assez calme pour que Max l'entende pester contre la raideur de la piste, le manque de ponctualité de son complice et la vie en général. Il cracha du jus de chique au pied d'un panneau affichant les règles du parc.

— Putain de nature ! Qui en a besoin ? On ferait mieux d'y construire un casino !

— Ce type est la classe personnifiée..., fit Michael. Il me rappelle Hank qui, je dois l'avouer, ne me manque pas du tout.

Sachant que le tuteur de Michael, disparu depuis des mois, était un alcoolique brutal et haineux, Max comprit sans peine le rapprochement. Il n'avait aucun mal à imaginer Hank, furibard, en train de dégainer un flingue au *Crashdown*...

Du sang imbibant l'adorable uniforme de serveuse de Liz, ses yeux bruns contemplant le vide…

La seule vue de Morton suffit à raviver les braises de la colère de Max, le ramenant à ce jour terrible, au restaurant. L'adrénaline envahit son sang et ses muscles se nouèrent, prêts à l'action. Des veines pulsèrent à ses tempes, au rythme de son pouls irrégulier. Légèrement nauséeux, il fut pris d'une irrésistible envie d'écrabouiller la face de cochon de Morton, de l'effacer de la surface de la Terre et de toute autre planète. Sans réfléchir, il se redressa à demi, une lueur argentée nimbant son poing.

— Max ! Que fais-tu ? (Michael lui saisit vivement le bras, le forçant à se baisser.) Tu as perdu la tête ?

Ces paroles lui firent l'effet d'une douche froide. Oui, que faisait-il ? Morton n'avait pas encore rencontré Ramirez. Max avait failli trahir leur position à cause d'un brusque accès de folie !

Il regarda ses doigts, incrédule. Adossé au rocher, il ferma les yeux, luttant pour se reprendre. Il devait à tout prix rester maître de ses émotions et de ses pouvoirs. Il haletait, en hyperventilation… Michael dut lui plaquer une main sur la bouche.

Max avait des vertiges. Pour la première fois, il se demanda si son ami n'avait pas raison… Qu'est-ce qui clochait chez lui ?

Il s'efforça de recouvrer ses esprits. Sa respiration se calma. Les pulsations sourdes, à ses veines et à ses tempes, diminuèrent. Il tendit une main et vit la lueur argentée baisser, puis disparaître. Michael soupira de soulagement, regardant son ami dans les yeux.

Rassuré, il retira sa main.

— Désolé, mais tu semblais sur le point de péter les plombs…

— En effet, confessa Max. Merci.

Michael haussa les épaules.

— Pas de problème. Je crois me souvenir que tu l'as déjà fait pour moi.

— De nombreuses fois, rappela Max à son impétueux ami.

Michael serait toujours un franc-tireur.

— Eh, qui tient les comptes ? fit-il avec un large sourire. (Heureux de constater que son ami s'était repris, il jeta un coup d'œil à l'entrée de la grotte.) On dirait que le spectacle commence…

Max avait hâte de voir ce qui se passait dans le canyon ; il prit néanmoins le temps de respirer à fond avant de se retourner. Sa folie passagère le terrorisait. Il ne voulait pas risquer de perdre de nouveau tout contrôle à la vue de Morton.

Détends-toi ! s'exhorta-t-il, résolu à se concentrer sur leur objectif. *C'est une mission d'espionnage, pas une tentative d'assassinat !*

Il s'occuperait du malfrat plus tard, quand ils sauraient de quoi il retournait.

Max reprit son poste d'observation. Morton n'était plus seul. Un autre type muni d'un attaché-case grimpait la pente menant à l'entrée de la grotte. Il portait un jean et une veste d'aviateur en cuir.

Le lieutenant Ramirez…

Je suppose que le scientifique de Las Cruces ne se montrera pas…

Il s'interrogeait sur le rôle du physicien dans cette histoire.

Morton ne perdit pas de temps en politesses.

— C'est là-dedans ? grogna-t-il en braquant sa lampe sur Ramirez.

Il se leva du rocher pour désigner la mallette du bout du canon de son arme.

Max eut une nouvelle flambée de rage en entendant sa voix. Se maîtrisant tant bien que mal, il se mordilla les lèvres.

— Vous l'avez ?

De quoi parlait ce type ?

Au diable les mystères ! pensa Max, furieux. *Dis-nous ce qu'il y a dans cet attaché-case !*

Il ramassa les jumelles, tombées pendant la lutte contre le serpent, et examina de plus près le lieutenant et sa mallette. Il vit d'abord en gros plan des cactus, des rochers et des yuccas… Soudain, il cadra le visage haineux de Morton. Et repéra ensuite facilement son acolyte.

Ramirez était tel qu'Isabel et Alex l'avaient décrit : tiré à quatre épingles et soigné de sa personne, il ne paraissait guère heureux d'être là. Les muscles de ses mâchoires tressautaient. Max pouvait presque l'entendre grincer des dents…

Je serais inquiet aussi si je devais revoir Morton dans un canyon isolé…

Pas étonnant que Ramirez ait l'air si troublé.

— Alors ? répéta Morton, lui braquant sa lampe dans la figure. Vous avez la marchandise ?

— Oui, bon sang ! grogna le pilote, aveuglé par la lumière. Je l'ai, hélas !

On dirait que notre lieutenant hésite…

Max baissa les jumelles sur la mallette, qui ne laissait rien deviner de son contenu.

— Cessez de gémir ! cria le malfrat. A moins que vos supérieurs n'aient découvert vos manigances… Mais dans ce cas, vous seriez déjà passé en cour martiale… Trop tard pour avoir des regrets. Vous êtes mouillé jusqu'au cou, l'aviateur !

D'accord, mais dans quoi ? pensa Max.

Abandonnant un instant les jumelles, il échangea un regard frustré avec Michael. Une seule évidence s'imposait : Morton faisait chanter Ramirez.

— C'est bon, concéda le militaire. Mais éteignez cette lampe !

Ayant montré qui commandait, Morton s'exécuta. La lumière du croissant de lune suffirait amplement à leur obscure transaction. Le bandit posa sa torche sur le rocher plat et désigna l'attaché-case.

— Passez-le-moi, fit-il. La clé aussi.

La joue tressautant comme un haricot sauteur mexicain, Ramirez obéit. Morton posa la mallette sur le rocher et l'ouvrit. Max essaya de voir ce qu'elle contenait, mais le dos du malfrat lui obstruait la vue. Il passa les jumelles à Michael, au cas où il aurait un meilleur angle. Après un coup d'œil, celui-ci secoua tristement la tête.

Bon sang, nous aurions dû nous poster de l'autre côté du canyon !

— Vous voyez…, fit amèrement Ramirez.

Les bras le long du corps, les doigts agités de spasmes comme s'ils désiraient de nouveau sentir le poids du précieux attaché-case, le pilote déglutit avec peine… Le poids de sa culpabilité, sans doute.

— Où est mon argent ? demanda-t-il.

Satisfait, Morton referma la mallette à clé.

— Oh, c'est vrai, votre argent… (Le Smith et Wesson resta pointé sur le lieutenant.) Vous voulez recevoir le prix de votre trahison, hein ?

Une joue de Ramirez tressautait tellement qu'on eût dit qu'un alien allait en jaillir…

— Passez-moi la monnaie, Morton, que je fiche le camp ! (Son regard se posa sur le sac à dos du malfrat.) Je ne veux plus jamais voir votre sale gueule !

Mais Morton ne semblait pas pressé d'en finir.

— A propos, lieutenant, vous aurez la moitié maintenant, et l'autre dès que j'aurai fait authentifier la marchandise par un expert.

Voilà ce que vient faire le physicien dans l'histoire ! pensa Max.

Restait à découvrir quelle marchandise pouvait requérir ce genre d'expertise…

Dire qu'on avait envisagé un vulgaire trafic de drogue…

— *Quoi ?* éructa Ramirez. (Il fit un pas rageur vers Morton, qui brandit son arme. Furieux, le pilote recula.) Ça n'est pas ce qui était convenu !

— Désolé, répondit le malfrat avec un manque flagrant de sincérité. (A en juger par son attitude méprisante, il s'amusait beaucoup.) Vous n'aurez pas le reste du flouze avant que je sois sûr à cent pour cent que vous n'essayez pas de me rouler !

« Dans votre intérêt, j'espère que ça n'est pas le cas. Personne n'entube Joe Morton !

Ramirez trépignait. Il désigna la mallette.

— Bon sang, vous l'avez vu ! C'est exactement ce que je vous avais promis ! (Sa voix rauque trahissait son désespoir.) Vous ne pouvez pas me faire ça ! J'ai rempli ma part du marché. Je veux mon argent… tout de suite !

— Pas de chance, l'aviateur…, fit Morton, nullement ému par ces protestations. (Sans baisser sa garde, il ramassa le sac à dos et le jeta aux pieds du pilote.) A première vue, ça semble correspondre à la commande… Mais qu'est-ce que j'y connais ? Je ne suis pas un scientifique, juste un gars qui sait se faire du pognon. (Il prit la mallette.) Dès que mon physicien aura authentifié la marchandise, vous aurez le reste. Pas avant.

Le visage couvert de sueur, Ramirez ramassa le sac à dos et lutta contre les attaches pour l'ouvrir. Quand il eut réussi, il fouilla dedans.

— C'est injuste, marmonna-t-il. J'ai fait ma part !

Max braqua ses jumelles sur le sac en toile ; le lieutenant en sortit une liasse de billets de cent dollars et vérifia que ça n'était pas des rectangles de papier journal. Puis il répéta l'opération avec une autre. Il couvait les billets du regard, tel un drogué en manque ou un Skin bavant de convoitise devant un corps tout neuf.

— Il devrait y avoir la totalité ! gémit-il.

— Je l'ai dit, il y a la moitié… (Morton cracha du jus de chique en direction du lieutenant.) Le reste n'est pas ici. Je l'ai laissé à l'abri.

Au Motel 6, je parie, se dit Max.

Ironie du sort, il en savait plus sur les récents mouvements de Morton que son complice – même s'il lui restait des éléments essentiels à apprendre avant de pouvoir régler ses comptes…

Il faut absolument que nous découvrions ce qu'il y a dans cette mallette. Mais comment ?

— Soyez maudit, Morton ! cracha Ramirez. (Conscient qu'il avait perdu la bataille, il rejeta les liasses dans le sac.) Dites-moi au moins pour qui vous travaillez… Je dormirais mieux si je savais que je n'ai pas fourni la marchandise à des terroristes ou à des ennemis de la nation ! (Un sanglot lui échappa. Cet homme était prisonnier de l'enfer qu'il s'était créé…) Puisque vous ne voulez pas me régler la somme convenue, faites au moins un geste pour apaiser ma conscience !

Le malfrat haussa les épaules.

— Ça n'est pas mon problème, l'aviateur. Je me fiche comme d'une guigne de vos états d'âme. Et mes employeurs me payent aussi pour que je la boucle.

Qui ça peut être ? se demanda Max.

Ignorant ce que contenait la mallette, il s'inquiétait beaucoup. Etait-ce un coup des Chinois, des Libyens, des Iraquiens… des Skins ?

Outre ses soupçons paranoïaques, une autre chose l'ennuyait. La circulation coupée par sa position accroupie, ses jambes s'engourdissaient. Il tendit les jumelles à Michael avant de tenter d'en soulager une. La douleur le fit haleter.

Aïe ! Dommage qu'il n'existe aucun truc extraterrestre pour réveiller en douceur un bras ou une jambe endormis…

Grimaçant, il prit appui sur le rocher et leva une jambe, puis l'autre, faisant abstraction des sensations désagréables générées par le soudain afflux de sang.

Soudain, le rocher céda sous son poids. Déséquilibré, Max trébucha ; la roche bascula vers le canyon dans une avalanche de sable et de cailloux.

Oh, non ! pensa le jeune homme en plongeant sur le sol.

Il roula derrière une autre formation rocheuse, non loin de Michael. Pétrifié, son ami avait la tête rentrée dans les épaules.

— Nous sommes dans la mouise !

La chute de pierres interrompit la conversation houleuse entre Ramirez et Morton.

— Quoi ? cria ce dernier. Qui est là ?

Le pilote ramassa prestement son sac.

— Sans doute un animal…

— Montrez-vous, bon sang ! grogna le bandit. Je vais vous apprendre à m'espionner, pauvres tarés !

Le nez dans la poussière, retenant son souffle, Max aurait voulu pouvoir manipuler l'esprit humain, comme Tess. Il aurait fait croire aux deux hommes qu'ils voyaient un coyote…

Hélas, il n'avait pas encore compris comment elle s'y prenait.

— Oh, Dieu…, gémit Ramirez. Filons d'ici !

Mais son complice ne l'écoutait pas.

— Montrez-vous ! brailla-t-il. (Il s'était rapproché. Max l'entendit descendre la pente.) Sortez de là ou je vous transforme en passoire !

Max et Michael se regardèrent, chacun espérant que l'autre saurait comment réagir. Max était tiraillé entre l'envie de faire ravaler ses menaces à Morton et celle d'éviter le conflit… Sa vie entière n'était-elle pas placée sous le signe de la prudence ?

Il était préférable de s'abstenir d'exhiber ses pouvoirs.

Mais que faire d'autre ? se demanda-t-il. *Baisser la tête et espérer qu'il ne nous trouvera pas ?*

Michael avait une autre idée… non moins folle. Il lâcha une très mauvaise imitation du cri d'un coyote. Les yeux ronds, Max n'en crut pas ses oreilles. Michael haussa les épaules.

Tu avais une autre solution ?

L'idée était bonne, en soi… Encore aurait-il fallu que Michael soit convaincant. Hélas, son cri avait tout de celui d'un gamin paniqué essayant d'imiter un coyote.

Morton ne fut pas dupe une seconde.

— C'est ça ! (Il rit méchamment. Michael avait insulté l'intelligence du tireur.) Prenez ça, petits malins !

Des coups de feu retentirent. Les balles arrachèrent des éclats de roche, arrosant les deux jeunes extraterrestres. D'instinct, Max projeta un champ de forces. L'écran d'énergie bloqua les projectiles, jetant une lumière verdâtre sur le paysage.

Max entendit le pas lourd de Morton se rapprocher du promontoire. Le tireur joua de nouveau de la gâchette.

— Vous êtes dingue, ou quoi ? cria Ramirez. Rangez cette arme ! On pourrait entendre !

Max aurait pu conseiller au lieutenant d'économiser sa salive : rien ni personne n'arrêtait un fou comme Morton, capable de dégainer son pistolet dans un restaurant en plein jour… Pourquoi se retiendrait-il, dans un canyon isolé, la nuit ?

Il n'abandonnera pas, comprit Max. (Le front plissé de concentration, il maintint le champ de forces.) *Il faut que nous partions. Il ne doit pas nous voir…*

— Tiens-toi prêt, souffla-t-il à Michael.

Yeux clos, il posa les mains à plat sur le bord de la corniche.

— Prêt pour quoi ? demanda Michael, perplexe. (La lueur étrange du champ de forces jetait des ombres verdâtres sur ses traits.) Max ?

— *Ça !*

Fléchissant ses « muscles mentaux », Max transforma son champ de forces en un bélier psionique, provoquant un autre glissement de terrain. Morton tira dans tous les sens ; une balle perdue décapita un cactus à quelques centimètres de Max qui, accroché au bras de Michael, bondit sur ses pieds. Des milliers d'aiguilles chauffées à blanc semblaient s'enfoncer dans ses jambes à chaque pas, mais il ignora la douleur. Un autre projectile fracassa la bouteille de tabasco. L'odeur épicée de la sauce pimentée vint lui chatouiller les narines.

— Cours, *coyote-boy*, cours ! cria-t-il à son ami.

Monter les aurait ralentis – sans compter qu'ils auraient fait deux belles cibles. Max dévala la pente, passant en trombe à côté de Morton, que la chute de pierres avait renversé.

Il atterrit en bas une seconde avant Michael. Par bonheur, Ramirez n'était nulle part en vue. Le pilote avait dû prendre la poudre d'escampette à la première occasion, redoutant sans doute que la fusillade n'alerte d'éventuels rangers, dans les parages.

Il n'a pas eu un si mauvais réflexe, pensa Max.

Michael et lui s'éloignaient du Canyon du Massacre. Par bonheur, le croissant de lune éclairait assez la piste. Les yeux rivés sur le terrain pour éviter de tomber, il leur était par conséquent difficile de jeter des coups d'œil en arrière pour voir si Morton s'était relevé.

Des coups de feu retentirent.

— Revenez, fils de chienne ! brailla Morton.

Comme s'ils allaient faire demi-tour pour se jeter dans les bras du fou furieux qui les canardait !

— Qui êtes-vous ? D'où venez-vous ? Que savez-vous ?

Nous n'en savons pas assez, hélas ! pensa Max en accélérant l'allure avec l'espoir d'éviter les balles.

L'expédition avait tourné au désastre. Ils ignoraient toujours ce qu'était la marchandise... Et du plomb sifflait à leurs oreilles !

Quelle est la portée de son arme ?

Les balles criblaient le sol derrière leurs talons.

Le Canyon du Massacre… Un joli nom, vraiment !

Je suis désolé, Liz !

Plus que tout, il craignait de la laisser seule dans un monde où la menace de Joe Morton planerait toujours sur elle.

Je voulais te protéger ! J'aurais dû lui régler son compte quand j'en ai eu l'occasion !

CHAPITRE X

C'était au tour de Maria d'utiliser le téléphone.

— Oui, maman, je sais qu'il est tard… Je voulais te prévenir que nous avons décidé de passer la nuit à Carlsbad, pour retourner dans les grottes demain…

« Oui, nous avons pris *deux* chambres, une pour les filles et une pour les garçons…

« Oui, Liz, Alex et les autres sont tous restés… Michael aussi, bien sûr…

« Ah, maman, tu m'as percée à jour ! J'avoue tout : nous sommes en route pour le Mexique où nous ferons un mariage de groupe à Tijuana. Je t'enverrai un Polaroid. (Maria soupira et leva les yeux au plafond, histoire que ses amis compatissent.) Ne t'inquiète pas, tout ira bien…

« Oui, nous nous amusons comme des petits fous…

C'est un peu exagéré, pensa Isabel.

Assise au pied d'un des lits jumeaux de la chambre, elle tenait un de ses CD favoris contre son oreille. La chanson *I Don't Wanna Wait* de Paula Cole, le générique de *Dawson*, ne couvrait pas tout à fait la conversation unilatérale de Maria avec sa mère…

Elle jeta un coup d'œil au réveil bon marché posé entre les deux lits. 1:25… Isabel, Liz et Alex avaient prévenu leurs parents respectifs plus tôt dans la soirée.

Mais la mère de Maria travaillait tard. Aucune cellule parentale n'avait soulevé d'objection. Après tout, on ne visitait pas les Cavernes de Carlsbad en une journée.

Si seulement c'était le problème..., pensa Isabel, morose.

Elle aurait tant aimé avoir une vie normale, au lieu de l'existence pleine de dangers qu'elle semblait condamnée à mener... Augmentant à distance le volume de la musique, elle jeta des regards aiguisés autour d'elle.

Ils avaient effectivement pris deux chambres, mais pour le moment, tous réunis dans celle des filles, ils attendaient le retour des absents. Installée à la tête du lit, Maria jouait les filles modèles. Liz occupait l'autre. Elle avait pris sur elle pour passer un coup de fil à ses parents, mais à part ça, elle n'avait pas desserré les dents de la soirée. Incapable de trouver le sommeil, adossée à la tête du lit, les genoux relevés, elle imitait la position du fœtus. Les yeux rivés sur la porte, elle semblait compter les secondes jusqu'au retour de Max. Sa pâleur et les cernes violets qui soulignaient son regard lui donnaient un air spectral. On aurait dit une de ces épouses folles, dans un roman des sœurs Brontë.

Elle aurait besoin d'un bon maquillage...

Mais le problème était plus grave, bien sûr. Un accès de compassion fit fondre le cœur d'Isabel. A vrai dire, elle n'appréciait pas toujours Liz Parker. Même si ce n'était pas sa faute, la Terrienne lui avait sérieusement compliqué la vie en découvrant le Grand Secret – et en brisant à plusieurs reprises le cœur de son frère. Quoi qu'il en soit, il était difficile, à la regarder, de ne pas se sentir désolé pour elle. D'ailleurs, Isabel aussi ne cessait de surveiller la porte… Une chose au moins les rapprochait : elles aimaient Max.

— Je n'y crois pas ! s'exclama Alex, assis en tailleur au pied du lit de Liz. Quatre-vingts chaînes et pas une seule pour diffuser un film digne de ce nom ! (Il se pencha vers le téléviseur fourni par le motel, zappant sans relâche.) Avez-vous remarqué que *Earth Girls Are Easy* passe sans arrêt, sur une chaîne ou une autre ?

— En tant que Terrienne, je trouve ça scandaleux… Peu importe ce qu'a pu vous dire Michael ! badina Maria en raccrochant. (Elle bâilla.) Oh, Dieu, il est déjà si tard ?

Elle joignit le Club des Surveillants de Porte.

— Que peuvent-ils fabriquer aussi longtemps au Canyon du Massacre ? Hum… Après mûre réflexion, je ne veux pas le savoir !

Sensible aux mauvaises vibrations, Alex se sentit obligé de réagir.

— Je vais jeter un coup d'œil dehors, proposa-t-il.

— Sois prudent, Alex ! dit Isabel.

Il n'avait aucune protection contre des types comme Morton ou le lieutenant Ramirez, si par malheur l'un d'eux avait suivi Liz jusqu'ici.

Si Max et Michael ne sont pas là à deux heures, je pars à leur recherche avec la Jetta, décida-t-elle.

Pour l'instant, le danger était inexistant et Alex avait juste besoin de se sentir utile. D'ailleurs, son attitude chevaleresque commençait à lui taper sur les nerfs !

— Ne t'inquiète pas, répondit-il. (Il ouvrit la porte, laissant entrer un courant d'air chaud dans la chambre climatisée.) Je reviens vite.

Il resta absent une dizaine de minutes. Dès son retour, elle sut qu'il y avait du nouveau.

— Qu'y a-t-il ? demanda-t-elle.

Alex hésita, ne sachant par où commencer.

— Eh bien, la bonne nouvelle, c'est que la Chevy bleue est garée devant la chambre 19 au *Motel 6*... La mauvaise, c'est que je n'ai pas vu la Jeep.

Qu'est-ce que ça veut dire ? se demanda Isabel.

— Max et Michael n'ont sans doute pas voulu quitter le site avant Morton..., avança-t-elle. Ensuite, ils l'auront laissé prendre de l'avance.

— Tu crois ? demanda Liz, trahissant un besoin désespéré d'être rassurée.

Son journal était posé à côté d'elle, près d'un stylo bille. Isabel espérait qu'en écrivant ses pensées chaotiques, elle y apportait un semblant d'ordre, mettant ses angoisses en perspective.

— Oui, ça ne peut être que ça, assura Maria avant de déboucher une petite fiole brune et de lui faire renifler de l'huile de cèdre. Je suis sûre qu'ils rentreront d'un instant à l'autre.

A moins qu'il ne leur soit arrivé quelque chose de terrible, pensa Isabel. (Des scénarios pires les uns que les autres lui vinrent à l'esprit.) *Pour ce que nous en savons, Max et Michael pourraient déjà être morts et enterrés dans le désert... Avec toutes ces grottes, on ne retrouverait pas leurs corps avant des années...*

— Non, souffla Isabel, refusant de céder à la panique. (Son frère l'accusait souvent d'être trop pessimiste – de voir la bouteille de tabasco à moitié vide plutôt qu'à moitié pleine.) Allez, Max, Michael... Où êtes-vous ?

Un quart d'heure d'angoisse plus tard, ils n'étaient toujours pas revenus.

— J'en ai assez ! cria Isabel en se levant. Maria,

donne-moi les clés de la Jetta. Je pars à leur recherche !

— Je t'accompagne, dit Alex.

Il la rejoignit d'un bond et la défia du regard.

Ça n'est pas le moment, Alex ! pensa-t-elle. *Il s'agit de retrouver Max et Michael...*

Cela dit, elle n'avait pas envie d'y aller seule.

— D'accord. Merci... (Au fond, elle appréciait vraiment d'avoir de la compagnie. Elle prit les clés que lui tendait Maria et gagna la porte.) Vous pensez que ça ira ?

— Sûr, promit Maria. (Elle rejoignit Liz sur l'autre lit, l'entourant d'un bras – une vraie mère poule.) Isabel, retrouve-les, d'accord ?

Je ferai de mon mieux, pensa la sœur de Max, mal à l'aise à l'idée que tous les espoirs reposent sur elle.

Soudain, on frappa un coup bref à la porte.

Est-ce possible ?

— Oh, merci mon Dieu ! fit Isabel après avoir jeté un coup d'œil au judas.

Max et Michael semblaient sains et saufs. Soupirant de soulagement, elle s'empressa de leur ouvrir. Ils s'engouffrèrent en trébuchant dans la chambre. Ils étaient sales et échevelés, mais en un seul morceau.

— Où étiez-vous ? leur demanda Isabel quand ils eurent fini de se congratuler. (Elle faisait les cent pas entre le lit et le téléviseur, trop à cran pour rester en place.) Nous étions morts d'inquiétude !

Pendant que Michael se servait un verre d'eau dans la salle de bains, Max leur raconta ce qui s'était passé au Canyon du Massacre. Des brindilles et des gravillons étaient restés accrochés à ses vêtements. Isabel passa une main devant son frère, le nettoyant instantanément en usant de ses pouvoirs.

— … Nous avons quitté la piste pour échapper aux tirs de Morton, et nous sommes cachés dans des buissons jusqu'à ce que ce fou furieux abandonne ses recherches et s'en aille. Et même un peu plus, afin de ne prendre aucun risque. (Il accepta le verre d'eau que lui tendait Maria.) Ensuite, nous avons repris la voiture et nous sommes rentrés par des petites routes, au cas où Morton aurait eu l'idée de se mettre en embuscade sur la nationale…

Il lança un regard inquiet à Liz.

— Désolé de vous avoir fait peur…

— Attendre dans une chambre de motel n'est pas de tout repos, confirma Maria, parlant au nom du Club des Surveillants de Porte. Mais ce doit être moins pénible que d'esquiver des balles…

Elle tapota le lit à côté d'elle, invitant Michael à venir la rejoindre.

— Oh, mon Dieu, Max ! gémit Liz. Vous auriez pu être tués !

— Mais nous sommes vivants. (Max lui prit une main pour la réconforter.) Hélas, nous ignorons toujours ce que Morton et Ramirez mijotent… à part débattre du prix de la « marchandise ».

Il leva les yeux vers sa sœur.

— C'est là que tu interviens, Iz. J'ai un immense service à te demander.

Isabel déglutit avec peine, devinant de quoi il s'agissait.

J'ai un très mauvais pressentiment…

CHAPITRE XI

Ils avaient fait développer les photos d'Alex en une heure. Isabel regarda le cliché un peu flou de Morton et fit la grimace. Même de loin, il ne ressemblait vraiment pas à Ricky Martin.

D'ordinaire, je n'aurais même pas voulu m'approcher de lui, décida-t-elle, plissant le nez de dégoût devant la physionomie peu engageante de la crapule. *Alors, aller dans sa tête…*

Hélas, elle devait s'y résoudre.

— J'apprécie vraiment, Isabel, dit Max.

Ils étaient dans la chambre des garçons, Michael toujours dans celle d'à côté, avec Liz et Maria. Max et Alex avaient accompagné Isabel pour veiller sur elle le temps qu'elle se glisse dans les rêves dégoûtants de Joe Morton.

J'ai hâte d'y être ! pensa-t-elle, sarcastique.

— Je le ferais moi-même si je pouvais, continua son frère. Mais de nous trois, tu es la plus douée pour se promener dans les rêves des gens… (Ça n'était pas une flatterie, mais un fait.) Toi seule découvriras ce que contient la mallette… et tu sauras si Morton a reconnu Liz.

— Quelle chance ! railla Isabel.

Mais Max avait raison. Ignorer ce que Morton avait

appris sur eux et sur le Crash serait pire que de sonder son subconscient. D'ailleurs, elle avait l'habitude de s'infiltrer dans les rêves d'autrui !

— La pratique mène à la perfection, je suppose.

Elle jeta un coup d'œil à la photo de Morton, immortalisé devant une stalagmite. Ses bajoues mal rasées et son ventre bedonnant lui répugnaient. La dernière chose à souhaiter, selon elle ? Entrer en connexion avec cet individu...

— Et s'il ne dort pas ? demanda-t-elle. Tu sais combien s'infiltrer dans un cerveau réveillé est ardu. Surtout si je ne sais rien du sujet.

Alex prit les jumelles, écarta les rideaux et jeta un coup d'œil de l'autre côté de la route.

— Aucune lumière au 19, annonça-t-il.

— Il est près de deux heures et demie du matin, lui rappela gentiment Max, conscient de ce qu'elle endurait. (Il lui prit la main avec le regard stoïque qu'elle lui connaissait si bien.) Il dort sûrement, Iz.

Au temps pour cette mauvaise excuse..., soupira intérieurement la jeune fille.

— Alors, finissons-en ! dit-elle.

Elle posa un index sur la photo afin d'établir le contact. Ne sentant rien, elle fut tentée d'abandonner. Yeux fermés, elle projeta son esprit, comme une sorte d'engin de recherche télépathique, dans le réseau de vibrations psychiques qui s'étendaient sur Carlsbad et ses environs. La photo du malfrat entre ses doigts manucurés, elle s'allongea.

Alex baissa la lumière pendant qu'elle cherchait le paysage cérébral de Joe Morton.

Etait-ce Yoda ou Obi-Wan Kenobi qui affirmait que la Force rassemblait toutes les créatures vivantes, les liant les unes aux autres ? Aucune importance. Isabel savait que *Star Wars* avait tout faux. Le lien universel ? Les rêves, pas la Force. Ils étaient la tapisserie secrète reliant les âmes.

Gardant les traits de Morton en mémoire, elle laissa son subconscient le comparer aux images floues qui défilaient à la vitesse de la pensée. Une seconde ou deux plus tard, elle en trouva une qui correspondait et se prépara au pire.

Ce que je ne ferais pas pour mes amis !

Surprise, elle se retrouva au *Crashdown.*

Zut ! pensa-t-elle en regardant les peintures de mauvais goût, les boxes accueillants et le comptoir où elle passait presque tout son temps libre. *Cet endroit a dû faire une forte impression à Morton s'il en rêve encore aujourd'hui !*

Une main glacée lui serra le cœur quand une autre explication lui vint à l'esprit : peut-être Morton rêvait-il du *Crashdown* parce qu'il avait reconnu Liz...

Ça n'est pas bon, pas bon du tout !

Max avait raison de craindre le pire...

Isabel chercha des indices sur l'état d'esprit de Morton. Le soleil entrait à flots par la façade du restaurant, qui donnait sur Main Street. Maria servait. Elle avait encore la coupe à la Meg Ryan qu'elle arborait quand elles avaient commencé à se fréquenter.

Elle est mieux avec les cheveux plus longs.

Puis son regard tomba sur Max et Michael, qui parlaient à voix basse, près de la fenêtre. Des bouteilles de tabasco vides jonchaient leur table. Michael avait la coupe ébouriffée que Maria l'avait convaincu d'abandonner. Isabel fut perturbée de constater que Morton se rappelait si bien ses amis... Elle se félicita d'avoir été ailleurs, ce jour-là.

Des éclats de voix lui firent tourner la tête. Morton

était aux prises avec un autre type. Le tireur portait une casquette bleue et une chemise à carreaux. Ses traits porcins étaient congestionnés, comme ceux de son compagnon, un barbu avec une veste en cuir noir et un T-shirt heavy metal. Si Morton avait l'air d'un camionneur, l'autre était plutôt du genre motard.

Je veux mon fric ! Maintenant ! cria-t-il, balayant les assiettes et les verres d'un geste rageur. *Donnez-le-moi ou bien…*

Il bondit, saisit Morton par le col de sa chemise et le traîna hors du box. Un pistolet apparut comme par magie dans la main du voyou.

Non ! haleta Isabel.

Elle chercha Liz du regard. Où était-elle au moment du drame, selon Max ? Ah, oui, près de la porte de la cuisine, derrière le comptoir… Jetant un coup d'œil par-dessus son épaule, Isabel vit que c'était exactement là.

La scène de cauchemar continua au ralenti. Isabel se déplaçait maintenant comme dans de la mélasse.

Dooonnez-moi mooon friiiic ! cria le motard en saisissant l'avant-bras de Morton pour détourner l'arme… Le coup partit.

Maria hurla.

Attention, Liz ! pensa Isabel.

Soudain, *elle* tomba à la renverse, une douleur terrible lui fouaillant les entrailles. Choquée, nageant en pleine confusion, elle avait un voile noir devant les yeux.

Alors que l'obscurité allait l'emporter, elle vit le visage de son frère, penché sur elle.

Regarde-moi, Liz ! supplia-t-il d'une voix rauque. *Il faut que tu me regardes !*

Liz... N'a-t-il pas plutôt voulu dire « Iz » ?

Alors, elle comprit qu'elle n'était pas dans le rêve de Morton, mais dans celui de *Liz*. La petite amie de Max s'était finalement endormie dans la chambre voisine et revivait le drame en rêve ! En cherchant le tueur, Isabel était tombée dans son cauchemar récurrent.

Pauvre Liz... Pas étonnant qu'elle soit si mal !

Au prix d'un effort mental, elle se dégagea de la conscience troublée de son amie et se releva, tel un fantôme. Les yeux baissés, elle vit Liz allongée par terre et Max penché sur elle.

Ainsi, c'est comme ça que tout a commencé...

Bizarre comme certains événements pouvaient bouleverser une vie...

Isabel vérifia qu'elle n'était pas blessée. Elle n'avait pas fini..., comprit-elle en voyant fuir Morton et son complice.

Stop ! ordonna-t-elle, figeant les personnages du cauchemar.

Elle prit une bouteille de tabasco et en avala une gorgée. La sauce piquante l'aida à chasser les résidus du rêve de Liz.

Je dois continuer...

Elle replaça sur le comptoir la bouteille fictive – dont le contenu avait le même goût que la vraie. Avant de s'infiltrer dans les rêves de Morton, elle crut bon d'intervenir pour apaiser Liz.

Pas question de la réveiller – la pauvre avait besoin de sommeil –, mais elle lui donnerait des rêves plus agréables. Elle se concentra... Quand avait-elle vu Liz rire pour la dernière fois ? Elle dut remonter tellement dans le temps qu'elle se sentit déprimée. Le soir où Maria, Liz et elle avaient dansé, après la fermeture du restaurant ? Non, car Max était arrivé à ce moment-là, une empreinte de main sanglante sur la poitrine… La fête de son dix-huitième anniversaire ? Non, Tess avait été kidnappée et elle avait dû tuer Whitaker…

Soudain, elle trouva la solution.

Et je n'aurais même pas à embellir la réalité !

Quelques mois plus tôt, avant que Tess ne vienne tout compliquer, Max, Liz, Isabel et Alex étaient allés voir le dernier James Bond, puis ils avaient fini la soirée au *Crashdown*. Max et sa sœur avaient partagé un *sundae* arrosé de tabasco – une spécialité qui, curieusement, n'apparaissait pas au menu. Alex avait dévoré une montagne de frites tout en clamant haut et fort que Denise Richards était convaincante en physicienne nucléaire… Avec le recul, Isabel pensa que ç'avait été une soirée *normale*.

Nous étions si heureux, pensa-t-elle, nostalgique.

Elle s'essuya les yeux et les ferma pour recréer la scène… Alex, Max et elle étaient assis à une table couverte de glaces, de frites et d'autres bonnes choses très mauvaises pour la santé.

Comme dans mon souvenir, pensa-t-elle attristée en se revoyant sourire. *Je devrais faire ça plus souvent…*

Elle avait presque du mal à se reconnaître.

Tournant mentalement le dos à la scène qu'elle avait recréée, elle aida Liz à se relever et la conduisit à la table, où elle s'assit à côté de Max.

Voilà… Tu devrais apprécier ce souvenir-là.

L'esprit perturbé de Liz trouva aussitôt refuge dans le rêve modifié.

… *Mais, Alex*, dit Liz, alors que son uniforme se transformait en une tenue sexy, *tu n'es pas sérieux ! Elle n'est même pas capable de prononcer « nucléaire » correctement…*

Isabel recula un peu. Les quatre amis bavardaient avec enthousiasme, ignorant les deux criminels figés dans leur fuite. Les humains et les hybrides semblaient aussi détendus que dans son souvenir.

C'est mieux, décida-t-elle, bizarrement émue par sa propre générosité. *Je n'en parlerai à personne, ce serait mauvais pour ma réputation…*

Dans la chambre voisine, Maria veillait sur le sommeil agité de sa meilleure amie.

Pas la peine d'être un Tchécoslovaque explorateur de rêves pour connaître le sien..., pensa-t-elle, attristée.

Maria tendit une main puis se ravisa, hésitant à réveiller sa meilleure amie. Liz avait besoin de sommeil… Mais celui-là serait-il réparateur ?

Maria allait secouer sa copine quand elle cessa de s'agiter et de gémir. Un sourire aux lèvres, elle sombra dans un sommeil paisible.

Merci, mon Dieu ! pensa Maria, attentive à la respiration régulière de Liz. *Fais de beaux rêves, ma chérie. Tu le mérites.*

— Comment va-t-elle ? demanda Michael en sortant de la salle de bains.

Il avait pris une douche pour se débarrasser de la poussière du Canyon du Massacre. Vêtu d'un peignoir blanc, le bel extraterrestre se séchait les cheveux avec une serviette.

Maria apprécia sa sollicitude.

— Mieux… Je crois qu'elle échappe enfin un peu à ses tracas.

— Bon, fit Michael.

Il retourna dans la salle de bains, brosse à dents en main.

Lui en voulait-il encore de l'avoir traîné de force

aux Cavernes de Carlsbad ? Ils n'avaient pas eu l'occasion de parler en privé avant que Max et lui ne prennent Morton en filature.

S'il est toujours fâché contre moi, je ne peux pas l'en blâmer, après la tournure qu'a prise notre excursion…

CHAPITRE XII

Bien, pensa Isabel en se tournant vers la réplique de Morton, figée devant la porte du *Crashdown*. (Une volute de fumée s'échappait encore du canon de son pistolet.) *A ton tour !*

Si les rêves étaient des couloirs entre les esprits humains, peut-être pourrait-elle se servir du cauchemar de Liz pour accéder à l'inconscient dépravé de Morton ? Ça valait la peine d'essayer.

Courez ! ordonna-t-elle au tireur et à son complice, qui reprirent vie.

Arme au poing, Morton jeta un coup d'œil inquiet à la scène, puis sortit précipitamment dans la rue, juste derrière le motard.

Isabel leur emboîta le pas.

Ils passèrent devant le Musée de l'OVNI et d'autres pièges à touristes. Les visiteurs venus à Roswell pour le Festival de l'OVNI s'écartaient devant les deux fuyards, bizarrement suivis par une grande blonde. Dans son dos, Isabel entendit des crissements de pneus et des sirènes de police. Le shérif Valenti arrivait trop tard pour appréhender les deux types.

Dans la réalité, Morton et son complice avaient réussi à s'enfuir.

Pas cette fois ! se promit Isabel, déterminée à atteindre l'esprit du détraqué.

A deux pâtés de maisons de la scène du crime, les deux bandits s'engouffrèrent dans une ruelle. Isabel était certaine qu'il n'en existait pas de semblable à Roswell. Elle hésita. Des ombres, étrangement accentuées, en cet après-midi ensoleillé, plongeaient l'allée dans l'obscurité, l'empêchant de voir ce qui l'y attendait. Mais le pas lourd de Morton s'éloignait... Avait-elle le choix ?

Se mordillant nerveusement les lèvres, elle plongea dans la ruelle.

Ce fut comme si elle changeait d'univers. Le soleil disparut, la scène passant du jour à la nuit. La température baissa de plusieurs degrés. Sous son col roulé, Isabel frissonna. Quand ses yeux se furent habitués à l'obscurité, elle découvrit un passage coincé entre deux immeubles noircis. Des graffitis obscènes couraient le long des murs ; l'asphalte défoncé était jonché de mégots, de canettes de bière, de tessons de bouteilles et de seringues.

Ça puait les ordures et l'urine. Des rats couinaient entre les poubelles cabossées. Des rires rauques, de la musique tonitruante et des sirènes de police déchiraient le silence.

Je ne suis plus à Roswell..., pensa Isabel.

Elle se faisait l'effet d'une Dorothy ayant atterri n'importe où sauf au Pays d'Oz.

Elle doutait d'être encore dans le rêve de Liz. A moins que son amie, élève et fille modèle, ne menât une double vie digne d'un film de David Lynch...

Où suis-je ? se demanda-t-elle, inquiète.

Elle s'arrêta et regarda derrière elle. Horrifiée, elle s'avisa que la rue principale de Roswell, écrasée de soleil, avait disparu. La ruelle menait désormais à d'autres passages analogues. Des poubelles renversées gênaient le passage. Des rats gros comme des porcs-épics fouillaient les détritus.

Isabel devait suivre Morton. L'oreille tendue, elle pensa entendre ses pas lourds résonner, devant.

Il faut que j'aille jusqu'au bout..., soupira-t-elle.

La ruelle en croisait d'autres, dessinant une sorte de labyrinthe. Après quelques minutes, Isabel se demanda si elle essayait toujours de retrouver Morton ou si elle cherchait la sortie... Se rappelant l'instant idyllique qu'elle avait recréé pour Liz, elle regretta de s'en être détournée.

Tu me seras sacrément redevable, Max !

Soudain, elle entendit la voix de Morton. Retenant son souffle, elle approcha du tournant suivant sur la pointe des pieds et jeta un coup d'œil... Alarmée, elle découvrit une scène dramatique.

Morton avait plaqué contre un mur son complice, à la carrure pourtant plus imposante que la sienne. Un néon rouge jetait une lueur écarlate sur la confrontation. La sueur qui ruisselait sur le visage hagard du motard évoquait du sang.

Du calme, Joe ! supplia-t-il, sa pomme d'Adam s'agitant aussi vite que les antennes des serveuses du *Crashdown. Fais pas ça, mec ! Nous sommes du même bord, pas vrai ?*

Morton lui pressait le canon de son pistolet sous le menton.

Ferme-la ! Ce qui est arrivé dans ce restau minable est entièrement ta faute ! (Isabel douta que Liz et ses parents apprécient la description méprisante de leur entreprise.) *Tu as perdu la tête, ou quoi ?*

Je voulais mon fric... C'est tout..., fit le motard en

se tortillant comme s'il espérait traverser le mur. *J'en avais besoin... Pour couvrir mes dépenses. J'ai fait ma part du marché. Je t'ai présenté le pilote*... (Isabel supposa qu'il parlait de Ramirez, soumis à un chantage.) *Je voulais l'argent que tu m'as promis, rien de plus !*

Morton le força à lever le menton.

Tu aurais palpé ton fric dès que j'aurais eu la marchandise. Pas avant !

Ne peut-il pas être plus précis ? pensa Isabel.

Je m'arrangerai pour que l'aviateur creuse son propre trou, histoire qu'il se sente obligé de coopérer, sinon...

Ouais, je comprends... C'est un bon plan, Joe. (Le gros barbu sourit, espérant que son complice baisserait son arme, et haussa ses épaules simiesques.) *Je voulais juste un peu de fric pour rester à flot, tu vois ?*

Et c'est pour ça que tu as failli tout foutre en l'air ? brailla Morton, outragé par la stupidité de son complice. *Sombre imbécile, tu joues dans la cour des grands maintenant ! Mes patrons essaient de mettre la main sur cette marchandise depuis des années. La dernière chose dont j'aie besoin, c'est qu'un amateur fasse foirer le plus gros coup de ma carrière !*

Eh, j'étais pas obligé de te balancer le pilote ! protesta le motard. (Il bomba le torse.) *Beaucoup de types étaient prêts à payer cher pour l'avoir !*

Morton hocha lentement la tête.

C'est vrai. Et la seule chose dont j'ai le moins besoin, à part un minable comme toi, c'est de concurrent au sujet de Ramirez. Tu es une fuite dans le système de sécurité... qu'il faut colmater.

Que... ? Non, attends, je... !

Bang !

Le coup partit. Isabel, qui ne détourna pas les yeux assez vite, vit la calotte crânienne du motard exploser, aspergeant de sang et de matière grise le mur couvert de graffitis. Bouleversée, elle se mordit le poing pour ne pas crier et alerter Morton. Horrifiée, elle regarda le corps du barbu s'écrouler en laissant une traînée immonde sur les briques.

Elle avait assisté à des morts et à des scènes de violence au cours des deux dernières années. Bien plus que n'aurait dû en voir une princesse extraterrestre de dix-huit ans qui se respecte… Elle avait même dû tuer en état de légitime défense. Mais son estomac ne s'en révulsa pas moins…

D'accord ! Je suis bel et bien dans la tête de Morton…

Le tueur poussa un grognement satisfait et contourna sa victime. Soulagée, Isabel le vit ranger son arme.

Ça lui apprendra…, se congratula Morton en s'agenouillant pour fouiller le mort. *Personne ne fait cracher Joe Morton au bassinet !*

Il prit le portefeuille du mort, histoire d'inciter les enquêteurs à conclure à un vol, puis trouva un billet froissé dans la poche arrière du jean.

Son nom et son numéro de téléphone ? se demanda Isabel. *Ou ceux de Ramirez ?*

Le tueur y mit le feu avec son briquet, puis éparpilla les cendres d'un coup de talon.

Bien fait pour ce perdant ! fit-il avant de cracher sur le cadavre.

Il s'essuya les mains sur les cuisses, rajusta sa casquette, et se dirigea vers la porte surmontée d'un néon rouge. HANGAR 18, lut Isabel.

Elle déglutit nerveusement. D'après la rumeur – confirmée par la rencontre entre Michael et un vétéran de l'Air Force –, c'était dans le Hangar 18 de la base de l'armée de l'Air, à Roswell, que les autorités avaient stocké tout ce qu'on avait retrouvé sur les lieux du crash, en 1947. Tout, y compris – en attendant que Nasedo les récupère – les incubateurs des fœtus génétiquement manipulés de Max, Isabel, Michael et Tess…

Pourquoi ce nom ? Pourquoi ici, dans cette ruelle sordide sortie de l'esprit de Morton ?

Morton frappa à la porte. Elle s'entrouvrit, laissant filtrer une lueur bleue. Isabel recula d'instinct. Morton eut une brève conversation à voix basse avec le « portier » avant d'entrer.

Et maintenant ? se demanda Isabel.

Plus que tout au monde, elle aurait voulu se réveiller, échappant ainsi au pays des rêves version Joe Morton. Mais elle n'en avait pas appris assez. Qu'avait donc extorqué le malfrat au pilote ?

Isabel devait découvrir ce qui se cachait derrière le néon clignotant du HANGAR 18.

Contournant le cadavre du barbu, elle gagna la porte rouillée. La lumière fluorescente bourdonnait, comme si le tube était rempli de frelons. Rassemblant son courage, elle frappa. Timidement, la première fois, puis avec plus de force.

Laissez-moi entrer ! (Plus tôt elle serait à l'intérieur, plus vite elle ficherait le camp…) *Ouvrez !*

On tira des verrous. La porte se rouvrit et un type aux cheveux gras la lorgna derrière la chaîne de sécurité. Sa peau parcheminée et tachée trahissait sa dépendance à la drogue ou à l'alcool, voire aux deux. Emacié, il portait un smoking blanc froissé qui aurait mieux convenu à un épouvantail.

Ouais ? grogna-t-il, peu amène.

Euh... puis-je entrer ? (Elle se fendit de son plus beau sourire.) *J'ai rendez-vous.*

Vraiment ? (Il la détailla de pied en cap, s'attardant sur sa poitrine et ses jambes.) *Vous avez une carte d'identité ?*

Génial, pensa-t-elle. *On me demande mes papiers...*

Dans le monde réel, son permis de conduire était dans son portefeuille, au motel. Ici, il lui suffit de se concentrer un peu pour produire un fac-similé. Elle savait quelle date de naissance y inscrire...

Isabel tendit le permis au type, qui l'inspecta avec soin avant de le lui rendre.

Ça ira, dit-il. (Un sourire lui fendit le visage, révélant des dents jaunes et irrégulières.) *Mot de passe ?*

Mot de passe ? se répéta Isabel, abasourdie.

Ça devait être en rapport avec le décor. Si elle se concentrait, peut-être passerait-il de l'esprit de Morton au sien ? Elle leva les yeux vers le néon rouge du HANGAR 18.

1947.

Essayez encore.

Roswell ?

Vous tiédissez, railla M. Dents Jaunes.

Zone 51 ?

Presque...

Isabel se creusa les méninges. Elle avait le mot de passe sur le bout de la langue ! Quel était le nom de code du programme gouvernemental ultra-secret de recherche sur les OVNI ?

Max l'aurait su !

Frustrée, elle regretta de ne pas avoir davantage fréquenté le Musée de l'OVNI. C'était quelque chose comme...

Pays des rêves ?

Bingo ! caqueta M. Dents Jaunes en retirant la chaîne. *La petite dame a gagné le droit d'entrer dans notre humble établissement.* (Il s'effaça pour la laisser entrer.) *Je vous en prie…*

Isabel déglutit et franchit le seuil, regrettant d'avoir deviné le mot de passe… Le vestibule puait la fumée de cigarette. Elle évita de son mieux le portier. Fallait-il que tout soit crasseux dans les rêves de Morton ? Comment arrivait-il à dormir avec des rêves pareils ?

Mais peut-être s'y sent-il à l'aise ?

Cette idée la répugna.

Par ici, mademoiselle, ajouta le portier. *Derrière le rideau.* (Isabel frémit quand il lui tapota le derrière.) *J'espère que vous trouverez ce que vous cherchez.*

Impatiente d'échapper aux insinuations et aux mains baladeuses de M. Dents Jaunes, elle passa le rideau en velours…

… et se retrouva dans un immense casino. Elle cilla, ébahie par le contraste surréaliste entre le vestibule et ce palace des plaisirs grouillant de monde. Des spots et des néons éclairaient les recoins. Les haut-parleurs diffusaient en sourdine de la musique country, sans couvrir le *ronron* des dés et des roulettes, et moins encore le tintamarre des machines à sous. Des *showgirls* en bikinis riquiquis se dandinaient sur d'impressionnants talons aiguilles, distribuant à gogo cigares et cocktails. Des écrans géants diffusaient en boucle des matchs de boxe et des courses de chevaux. Les joueurs éméchés s'égosillaient joyeusement. L'air sentait le parfum bon marché, la cigarette et le champagne éventé.

C'est l'idée que se fait Morton du paradis ?

Isabel s'habitua aux lumières et aux bruits du casino

imaginaire. Comment ce type pouvait-il tuer et faire chanter ses victimes pour se payer ce genre de plaisirs surfaits ?

Moi qui ne suis pas de cette planète, j'ai quand même meilleur goût !

Considérant l'immensité de l'établissement, elle désespéra d'y repérer Morton. Mais elle n'aurait pas dû s'inquiéter. Evidemment, le malfrat était la star de son Las Vegas de pacotille ! Devant la table de roulette, il paradait au centre d'une foule d'admirateurs béats. Pour l'occasion, il portait un chapeau texan, une veste à franges (ouverte sur son ventre poilu), et une ceinture à large boucle (de la taille d'un heurtoir) piquée de turquoises. Sa cravate western était ornée des mêmes pierres. Une énorme montre en or brillait à son poignet quand il leva le bras pour allumer son cigare avec un billet de cent dollars enflammé au moyen d'un briquet à monogramme d'argent… Deux *bimbos* en robes ornées de strass de deux tailles trop petites étaient pendues à ses bras. Elles minaudaient des « *ooh !* » et des « *aah !* » bovins devant les extravagances de leur conquête d'un soir…

Isabel constata que la bouille de Morton occupait maintenant tous les écrans. Elle n'en crut pas ses yeux.

C'est pour ça que Liz a failli être tuée ? Nous verrons ce que tu as dans les tripes quand tu seras sous les verrous… Ou six pieds sous terre !

Elle inspecta sa tenue d'un œil critique. Son jean et son pull étaient parfaits pour une excursion dans des grottes… Ici, ils seraient trop voyants.

Changeons pour un look plus approprié…

A cet instant, une *showgirl* passa devant elle dans

une « tenue » faite de paillettes et de plumes. Isabel renifla de dédain.

Jamais !

Elle choisit une robe noire et des talons hauts. *Réarranger* les molécules en rêve était encore plus facile que dans la réalité. Elle se contempla dans le panneau poli d'une machine à sous, puis se fraya un chemin dans la foule des admirateurs de Morton.

Excusez-moi…, dit-elle en jouant des coudes.

Surprise, elle constata que la roulette avait la forme d'une soucoupe volante. Des paillettes y brillaient comme de la poussière d'étoiles. Un extraterrestre vert était aux commandes, parfait petit personnage de dessin animé.

Ce truc ne ressemble pas du tout à Nasedo…, pensa-t-elle, ennuyée de trouver ce genre de vision dans le rêve de Morton.

A y regarder de plus près, le décor entier avait pour thème les extraterrestres. Des soucoupes volantes et des fusées pendaient au plafond. Des pistolets laser et des monstres aux yeux globuleux décoraient les côtés des machines à sous. Et les *showgirls* avaient des allures de figurantes de *Barbarella*, avec leurs casques en filet argenté, leurs oreilles pointues et leurs antennes analogues à celles des serveuses du *Crashdown*…

Isabel avait-elle manqué la déco science-fiction kitsch ou le casino avait-il été redécoré ? En rêve, tout était possible… Mais pourquoi Morton, en plein fantasme, pensait-il maintenant aux extraterrestres ?

Je n'aime pas ça du tout ! D'où vient ce symbolisme spatial ?

La roulette ralentit ; la boule – une Terre miniature – rebondit plusieurs fois avant de s'arrêter sur le dix-huit noir. Des acclamations s'élevèrent. Morton gloussa, son gros cigare coincé entre les dents, et ramassa un énorme tas de jetons bleus. Magnanime, il en jeta une poignée en l'air et éclata de rire en voyant ses adorateurs se précipiter pour les attraper.

L'un d'eux tomba aux pieds d'Isabel, qui le ramassa pour ne pas attirer l'attention. Elle adressa un sourire forcé à Morton. Les yeux de requin du malfrat croisèrent les siens ; la jeune fille réprima un frisson.

Je vous connais ? demanda-t-il avec une œillade assassine.

Les *bimbos* arborant des moues boudeuses, il racheta leurs sourires et leurs baisers avec de pleines poignées de jetons.

Servez-vous, mesdames ! Mon bateau est enfin rentré au port... ou devrais-je dire ma soucoupe volante ? (Il tira sur son cigare, prit le verre posé au bord de la table, le porta à ses lèvres et fronça les sourcils : vide.) *Ramirez !*

La foule s'écarta devant le lieutenant David Ramirez, vêtu de son uniforme... Il se tenait au garde-à-vous. Les yeux d'Isabel s'arrondirent à la vue de l'attaché-case noir posé à ses pieds.

Ce doit être celui dont ont parlé Max et Michael. Celui à la « marchandise » !

Mine de rien, elle contourna la table en direction du pilote. Elle faillit oublier le jeton de cent dollars. Soucieuse du détail, elle l'empocha.

Du whisky ! cria Morton à Ramirez, comme s'il était son esclave. (Le tireur souffla de la fumée au visage du lieutenant, puis se tapota le ventre.) *Et tant que vous y êtes, un sandwich au roast-beef, avec plein de mayonnaise.*

Oui, monsieur !

Ramirez salua et s'éloigna, emportant l'attaché-case.

Non ! pensa Isabel, dépitée.

Disparaîtrait-il avant qu'elle n'ait pu jeter un coup d'œil à son contenu ?

Mais Morton n'avait pas l'intention non plus de le perdre de vue.

Attendez ! (Il désigna le sol du bout de son cigare.) *Laissez ça ici.*

Ramirez obéit avant de s'éloigner. Isabel en déduisit que Morton possédait réellement de quoi le faire chanter. Mais ce mystère l'intéressait moins que ce qu'il y avait dans la mallette. Avait-elle une chance de la subtiliser sans attirer l'attention ?

J'aurais vraiment besoin d'une diversion…

Oh, mon Dieu ! C'est l'homme qui m'a tiré dessus !

Ce cri prit Isabel et Morton par surprise. Faisant volte-face, elle vit Liz fixer son meurtrier avec des yeux horrifiés. Derrière elle, on distinguait les Cavernes de Carlsbad… Au début, Liz apparut telle qu'elle était le matin, dans les grottes, avant qu'Isabel ne change la couleur de ses cheveux et de son chandail. Puis elle fut soudain vêtue de son uniforme de serveuse, une plaie sanglante juste au-dessus du tablier argenté…

Il est là ! cria-t-elle, pointant sur Morton un index accusateur. *C'est lui !*

La bonne humeur du malfrat s'envola, cédant la place à la colère. Grognant comme un animal aux abois, il écarta brutalement les *bimbos* et ses adorateurs pour dégainer un pistolet de la taille d'un bazooka. Des coups de feu retentirent, cassant tout dans la boutique de souvenirs. Les joueurs et les *showgirls* plongèrent sous les tables. Mais aucun projectile ne semblait pouvoir atteindre Liz, immobile comme une statue.

L'inconscient de Morton a fait la relation entre la brune de la boutique de souvenirs et la serveuse qu'il a tuée !

Max avait raison de s'inquiéter. Ce salaud a compris que Liz pouvait l'identifier !

Saisissant l'occasion, Isabel écarta une blonde décolorée du passage et saisit la poignée de la mallette. Puis elle prit ses jambes à son cou.

Je l'ai !

Mais le vol n'était pas passé inaperçu.

Hé ! Que... ? s'exclama Morton, hors de lui. (Oubliant Liz, il pointa son artillerie lourde sur Isabel.) *Reviens ici, sale garce !*

Il tira. Une machine à sous, près d'elle, explosa, projetant dans les airs une pluie de dollars. Le cœur d'Isabel eut un raté. Elle se débarrassa de ses escarpins, préférant courir pieds nus sur la moquette. Elle tourna dans un couloir bordé de machines à sous – les oranges et les jokers remplacés par des OVNIs et des E.T. aux yeux en amande...

Morton s'était lancé à sa poursuite, tirant sans arrêt. Les balles atteignaient les éléments du décor et les joueurs, transformant la scène en pandémonium sanglant. Des hurlements résonnaient partout. Bizarrement, aucun agent de la sécurité n'essaya de maîtriser le tireur fou qui traquait une innocente lycéenne.

Les rêves sont parfois vraiment étranges !

Par bonheur, la jeune extraterrestre n'était pas sans défense. Elle se retourna le temps de lever un bras, paume tendue. Une rangée de machines à sous bascula. Pour faire bonne mesure, elle transforma un coin de moquette en flaque de boue visqueuse. Avec un sourire malicieux, elle regarda le malfrat s'y enliser.

Bon sang, qu'est-ce que... !

Bien, se félicita Isabel. *Ça devrait me faire gagner du temps.*

Elle chercha du regard un endroit sûr où ouvrir la précieuse mallette. Elle avisa les toilettes des dames – symbolisées par une spationaute.

Parfait !

Les lieux étaient déserts. Sans perdre une minute, Isabel posa l'attaché-case à côté du lavabo et voulut l'ouvrir. Fermé à clé... Pas de problème ! Elle toucha du bout d'un index la serrure, qui cliqueta aussitôt. Les mains de chaque côté du couvercle, Isabel inspira profondément.

Voyons ce que c'est...

Une lumière aveuglante lui fit monter les larmes aux yeux. La lueur irréelle diminua peu à peu ; elle leva prudemment les paupières...

Le fond de la mallette était une sorte de fenêtre où on voyait un vaisseau spatial argenté approcher d'une sphère bleue... La Terre. Perplexe, et quelque peu déçue, Isabel chercha un sens à ce qu'elle voyait.

Ça ne peut pas être le véritable *contenu de l'attaché-case*, se dit-elle, forte de sa longue expérience concernant les rêves. *C'est plutôt une métaphore...*

La soucoupe volante pénétra dans l'atmosphère terrestre, rougeoya et piqua à une vitesse alarmante. Isabel poussa un petit cri. Elle reconnut le ciel bleu et la terre aride du Nouveau-Mexique quelques secondes avant que l'engin ne percute le sol, soulevant un énorme nuage de poussière...

Je le savais ! C'est le Crash !

Une boule se forma dans sa gorge le temps que le sable et la fumée retombent, révélant l'épave du vaisseau spatial. Elle aurait voulu ne jamais voir cette carcasse, les corps désarticulés… Mais elle fut incapable de détourner les yeux. Après tout, si Max, Michael, Tess et elle-même étaient ici, sur un monde qui ne serait jamais le leur, ça découlait de cet accident…

C'est ce qui s'est vraiment passé ? Ou plutôt l'idée que Morton se fait du Crash ?

Impossible à dire… La scène la remua tant qu'elle fut prise au dépourvu quand Morton enfonça la porte.

Te voilà ! gronda-t-il, lui fourrant son pistolet sous le nez et refermant la mallette de sa main libre. *Qui es-tu ?* (Elle put voir les taches de tabac qui lui brunissaient les dents. Il la saisit par un bras.) *Pour qui travailles-tu ?*

Isabel sentit sur elle la chaleur du canon de l'arme. Une odeur de poudre lui agressa les narines. Elle entendit un déclic de mauvais augure.

J'en ai assez. Je fiche le camp !

Parle, sorcière ! aboya Morton en postillonnant de rage. (Il lui enfonçait les doigts dans le bras.) *Qui es-tu ? Comment t'as fait pour renverser les machines et créer la flaque de bitume chaud, hein ? Dis-le-moi !*

Dans tes rêves !

Elle lui cracha à la figure.

Il appuya sur la détente à la seconde où elle…

… se réveillait au motel, la détonation résonnant à ses oreilles.

Elle s'assit, tremblante et trempée de sueur. Surpris, Max et Alex se précipitèrent à ses côtés.

— Iz ! Ça va ? demandèrent-ils en chœur.

Elle acquiesça, trop sonnée pour parler. Des frissons la parcouraient, lui donnant le vertige.

— Laissez-moi une minute…, murmura-t-elle en luttant pour revenir à la réalité.

La fatigue la clouait sur place, comme si elle avait vraiment couru pour échapper à la mort… Malgré l'air conditionné, la chambre lui paraissait étouffante. Elle retira son pull, jeta un coup d'œil au réveil et constata qu'elle avait été « absente » vingt minutes seulement…

— Que s'est-il passé ? demanda Max, la dévisageant de ses grands yeux sombres. Qu'as-tu vu ?

Isabel avait la bouche aussi sèche que le désert.

— Un verre d'eau…, coassa-t-elle en se massant la gorge. Avec quelques gouttes de tabasco…

— Je m'en charge ! dit Alex.

Max veilla sur sa sœur le temps que leur ami revienne de la salle de bains avec le verre. Quand Isabel tendit une main, Alex ouvrit de grands yeux.

— Isabel, ton bras !

Elle suivit la direction de son regard et découvrit… cinq empreintes violacées.

— Oh, ça…, fit-elle, dédaigneuse. Un petit souvenir de notre fou de la gâchette.

— Je vais arranger ça, proposa Max.

Il passa les doigts au-dessus de l'avant-bras de sa sœur. Les hématomes disparurent.

— Merci, murmura Isabel.

Elle but son mélange d'eau du robinet et de sauce pimentée. Puis elle raconta ses mésaventures à son frère et à son – petit ? – ami. Si elle ne comprenait pas tout ce qu'elle avait vu dans la ruelle puis dans le casino, certains faits paraissaient évidents.

— Quoi qu'il y ait dans cette mallette, conclut-elle, le rapport avec le Crash est une certitude…

La gorge serrée, elle revit l'OVNI plonger vers la Terre… Elle dut boire une autre gorgée d'eau aromatisée avant de délivrer la mauvaise nouvelle suivante.

— Et ce n'est pas tout, Max. Morton *sait.* Il a reconnu Liz !

CHAPITRE XIII

Eh bien, nous n'aurions pas l'air en plus piteux état si nous avions la gueule de bois..., pensa Maria.

Ils prenaient leur petit déjeuner chez *Denny*, à côté du *Days Inn*. Seuls manquaient Liz, qui dormait encore, et Max, qui surveillait Morton. Les autres reprenaient des forces à grand renfort de café, de jus d'orange, d'œufs, de bacon, de fruits et de gâteaux. Préférant une alimentation végétarienne – le plus souvent du moins –, Maria avait opté pour des toasts, un pamplemousse et une assiette de tranches de melon.

Epuisés par les événements de la nuit, tous observaient un silence maussade... A l'exception d'Alex qui tentait toujours d'arracher un sourire à Isabel.

— Alors, comment était la nourriture du casino ? demanda-t-il. (Il plongea un toast froid dans ses œufs brouillés.) Meilleure qu'ici, j'espère...

— Je l'ignore, répondit Isabel, qui trempait distraitement un beignet au chocolat dans du tabasco. Je n'ai goûté à rien.

— Oh.

Il avait espéré engager la conversation. Maria frémit, chagrinée par sa déconvenue.

— Comment vas-tu, Iz ? demanda-t-il, plein de sollicitude, ses yeux verts l'invitant à se confier.

— Je vais bien, Alex, répondit Isabel, non sans une pointe d'exaspération dans la voix. (Elle se leva.) Je reviens tout de suite…

Elle se dirigea vers les toilettes.

Alex la regarda partir, accablé. Maria en profita pour lui donner quelques conseils.

— Tu en fais trop, Alex, l'informa-t-elle à voix basse. Laisse-la respirer, d'accord, avant de la fiche vraiment en rogne…

— J'essayais de l'aider ! Je déteste la voir déprimée comme ça.

— Je sais…

Ça n'étaient pas les oignons de Maria, bien sûr, mais comment regarder Alex s'aliéner la fille de ses rêves sans rien faire ? Quel cercle vicieux… A refuse de ficher la paix à B, le poussant dans ses derniers retranchements. Du coup A redouble d'efforts pour pénétrer les défenses de B, le faisant détaler…

— Ecoute, Alex, je ne prétends pas saisir toutes les complexités de ta relation avec la reine Amidala, mais je sais qu'il est impossible de forcer quelqu'un à s'ouvrir au bonheur. N'importe qui t'en voudrait d'insister !

Maria espérait le convaincre du bien-fondé de ses remarques. A défaut de pouvoir guérir Liz de sa névrose posttraumatique, elle soutiendrait ses amis de son mieux. Elle pensa proposer à Alex une bouffée de romarin ou de cèdre, mais se ravisa. Les garçons considéraient l'aromathérapie comme un truc de filles.

Ils ne savent pas ce qu'ils ratent…

— Je suppose que tu as raison, répondit Alex. (Il n'avait pas envie de laisser Isabel tranquille, mais il prenait le conseil de Maria au sérieux.) Ça n'est pas facile, tu sais.

— A qui le dis-tu ! fit Maria, avec un regard pour l'extraterrestre laconique assis à sa droite.

Michael avait gardé un silence avisé pendant sa séance de stratégie romantique avec Alex, ingurgitant ses œufs brouillés au bacon d'un air maussade. Etait-ce parce que ça le laissait de marbre ? Ou sa propre amitié amoureuse avec Isabel l'empêchait-elle de parler de la jeune fille avec Alex ?

Ou est-il toujours en colère contre moi parce que je l'ai entraîné dans ce voyage…

Michael et elle n'avaient pas eu le loisir de s'expliquer depuis que leur week-end tranquille s'était transformé en un film de Quentin Tarantino… D'une seconde à l'autre, il allait grogner : « *Je te l'avais bien dit !* » Qu'attendait-il au lieu de jouer avec ses nerfs ? Sans doute avait-il été trop occupé à esquiver les balles…

— Puis-je te parler une minute en privé, Michael ? demanda Maria.

Il prit aussitôt une mine méfiante – la réponse masculine universelle à toute allusion à une conversation sérieuse.

— Euh, oui… Où ?

Maria désigna un box vide. Après s'être excusés auprès d'Alex, ils y portèrent leurs verres et leurs assiettes.

— D'accord, fit Michael, sur la défensive, dès qu'ils se furent installés. C'est à quel sujet ?

Ça ne va pas être facile…, pensa Maria en avalant une gorgée de jus d'orange.

— Je voulais m'excuser…

Michael fut surpris. D'habitude, c'était de lui qu'elle attendait des excuses.

— Hum… De quoi ?

— De t'avoir obligé à prendre des vacances alors que tu n'en avais pas envie, puis de t'avoir reproché de ne pas t'amuser… Comme j'ai dit à Alex, on ne peut pas contraindre les gens à rigoler ou à aimer. Max, Isabel et toi aviez de quoi être inquiets. Je n'avais pas à te forcer à venir, histoire de jouer au couple normal le temps d'un week-end… (Elle désigna le *Motel 6*.) Quelle idée désastreuse j'ai eue !

— Non, elle était bonne, même si je me suis obstiné à le nier… Tu avais raison : nous étions stressés. (Michael lui tapota maladroitement la main – un geste rare.) Ce n'est pas ta faute si Liz est tombée sur le tireur…

— D'accord, mais regarde dans quel état elle est ! répondit-elle, se sentant terriblement coupable. Tout ça parce que je voulais fuir Roswell !

Submergée par l'émotion, elle raconta à Michael ce qui s'était passé pendant qu'il filait Morton.

— Je suis inquiète ! Je n'ai jamais vu Liz comme ça…

Aussi secret que puisse être Michael, il lui arrivait de se montrer étonnamment ouvert.

— Je vois ce que tu veux dire. Max aussi agit bizarrement. J'ignore ce qui ne tourne pas rond chez lui. (Il la mit au courant des « dérapages » de Max.) C'est au point que je répugne à le laisser seul, de peur qu'il ne fasse une bêtise.

Maria aurait aimé qu'ils comparent leurs notes plus tôt…

— Oh, mon Dieu ! cria-t-elle. (Elle se prit la tête à deux mains.) Tu ne comprends pas ? Lui aussi fait une névrose posttraumatique !

— Mais il n'a jamais été blessé par balle !

— C'est vrai, dit Maria, toujours convaincue d'avoir

raison, mais il s'est connecté à Liz alors qu'elle était mortellement blessée... (Elle le revit penché sur le corps de sa meilleure amie.) Liz m'a dit qu'ils avaient partagé leurs souvenirs... Leurs pensées se sont mêlées...

Ce concept la fit frissonner.

Que c'est romantique !

— Ne vois-tu pas ? Max a dû absorber tout ce que Liz avait ressenti et c'est pour ça qu'il souffre tant aujourd'hui !

— Oui, ça semble se tenir... Mais comment se fait-il qu'il ait maintenant des envies de meurtre et que Liz ait peur de son ombre ?

— La testostérone ? avança Maria, qui ne voyait pas pourquoi elle devrait remplir tous les blancs. Selon Alex, chaque individu se comporte différemment en fonction de sa personnalité, et blablabla.

« Quoi qu'il en soit, Max et Liz réagissent seulement aujourd'hui au drame du *Crashdown*.

— Donc, ils ne sont plus eux-mêmes, conclut Michael.

Il vida sa tasse de café et engloutit une dernière tranche de bacon en se levant.

— Désolé, mais je dois retrouver Max. (Il sortit un billet de vingt dollars de son portefeuille, le posa sur la table et fit un large sourire à Maria.) Tu es géniale ! Ne t'inquiète pas. Personne ne te reproche rien...

C'est bon à entendre... Surtout venant de Michael Guerin.

CHAPITRE XIV

Journal de Liz Parker :

Dimanche 3 juin,

Je ne sais plus qui je suis. La Liz Parker qui a réussi à accepter (plus ou moins) l'existence d'hybrides humains-extraterrestres parmi nous… ou celle qui, soudain, ne peut plus admettre qu'elle a failli mourir ?

D'après Alex, je souffre d'une « névrose posttraumatique ». Il a sans doute raison. Il s'est toujours plus intéressé à la psychologie que moi. J'ai un esprit scientifique – enfin, c'était le cas avant que je ne revoie Joe Morton… J'ai l'impression d'être une souris de laboratoire qui fait le contraire de ce qu'on attend d'elle… Pourquoi n'ai-je pas la force de traverser le labyrinthe ? Quelle déception pour les chercheurs !

J'avais cru qu'écrire dans mon journal m'aiderait à donner un sens à tout ça… Peut-être à laisser mes souvenirs derrière moi. Mais ça ne marche pas. Je suis seule au motel, dans cette chambre aux rideaux tirés, le drap remonté jusque sous les aisselles pour ne plus voir l'empreinte de main argentée sur mon ventre… J'aimerais être avec Max et les autres, mais j'ai peur de sortir, peur que Joe Morton ne me retrouve…

Je sais, c'est stupide. Il n'avait pas l'intention de me tuer, au Crashdown. *Le coup est parti tout seul. Le genre d'accidents qui font les titres des journaux : « Une passante innocente blessée par une balle perdue »…*

J'ai failli mourir. Pour de bon. Impossible d'oublier, même la nuit… (Ah, si, la nuit dernière… Je revivais le drame, quand je me suis retrouvée le soir de cette sortie à quatre, après avoir vu au ciné ce ridicule James Bond*…)*

Que faire, maintenant ? Voir un psy n'y changerait rien. L'automne dernier, après l'histoire avec Tess, Nasedo et les Unités Spéciales, les parents de Max l'ont envoyé chez un psy… Bien sûr, ça n'a rien donné. Impossible de raconter ce qui était vraiment arrivé… Moi non plus, je ne le pourrais pas. Comment parler du drame du Crashdown *alors que je ne peux avouer à personne qu'on m'a tiré dessus ? Et comment expliquer à un psy cette empreinte argentée ?*

Encore une fois, à moi de me dépêtrer de tout ça… Mais comment m'y prendre puisque je ne sais plus qui je suis ? Face à un miroir, j'ai du mal à me reconnaître… Pas seulement parce que Isabel a fait de moi une rousse… Qui est la petite chose tremblante et pathétique que je vois ? Ça n'est pas moi !

Alex répète que je dois affronter mes peurs… Les surmonter.

Même si ça doit me tuer.

CHAPITRE XV

— Maxwell, il faut que nous parlions.

Perché à l'arrière de la Jeep, Max baissa ses jumelles.

— Ne t'ai-je pas déjà dit que je détestais ce surnom ? grogna-t-il.

— Crois-moi, tu as des problèmes plus sérieux, mon ami, l'informa Michael en s'asseyant près de lui.

Il n'était pas onze heures et la température avoisinait déjà cinquante degrés… Michael essuya la sueur de son front et chaussa ses lunettes de soleil.

Bon sang, quelle fournaise ! Ce n'est pas un temps pour rester en planque devant un motel !

— Ah ? Lesquels ? fit Max, sceptique.

Il avait des cernes sous les yeux. L'air hagard sous son coup de soleil, il était tendu à craquer. Tripotant ses jumelles, il lorgnait sans arrêt la Chevrolet bleue.

Est-il dans cet état parce qu'il se fait un sang d'encre pour Liz ? se demanda Michael. *Ou Maria a-t-elle vu juste ?*

— Max, tu as l'air d'un zombie !

N'étant pas du genre à y aller par quatre chemins, Michael lui exposa la théorie de Maria : le jeune chef extraterrestre souffrait d'une névrose posttraumatique suite à sa connexion intime avec Liz.

— C'est un peu comme la mononucléose, tu vois…

— Tu essaies de me dire que je subis les effets d'une sorte de tabagisme passif émotionnel, c'est ça ? Ne sois pas ridicule ! Depuis quand vas-tu chercher auprès de Maria des conseils en psychologie ? Sans vouloir t'offenser, c'est une très gentille fille, mais elle est un peu excentrique.

Comparée à ta petite amie, qui flippe devant un vol de chauves-souris ?

Michael se mordit la langue pour ne pas céder à la tentation de défendre Maria.

— Là n'est pas la question ! (Le soleil lui liquéfiait le cerveau, mais il devait faire entendre raison à Max.) Toi et moi, nous savons que tu agis bizarrement depuis que Liz a revu Morton.

— Pas du tout ! insista Max, sur la défensive. Je prends au sérieux une situation grave, comme toujours. Tu as entendu Isabel. La fameuse marchandise a un rapport avec le Crash, et Morton se rappelle où il a vu Liz… Alors, excuse-moi si tout ça me met mal à l'aise.

Se détournant, il braqua de nouveau les jumelles sur la porte de la chambre 19 du *Motel 6*.

— Si tu en as terminé avec ta petite conversation entre hommes, comme tu le vois, je suis occupé.

Michael n'en avait pas fini.

— Foutaises ! (Il arracha les jumelles à Max.) Comme toi, je veux que Liz soit en sécurité. Puis découvrir ce que mijote Morton. Mais ça n'est pas de ça qu'il s'agit.

« Regarde-moi dans les yeux, Max, et dis-moi que tu n'étais pas sur le point de perdre tout contrôle, cette nuit, dans le canyon ? J'ai vu ta main briller comme une lampe à acétylène ! Tu ne me feras pas croire que c'était intentionnel !

Furieux, Max voulut récupérer son bien, mais Michael ne se laissa pas faire.

— Rends-les-moi ! Je n'ai pas de temps à perdre avec tout ce blabla de pseudo-psy !

— Pas question, mon pote ! répondit Michael en se levant pour mettre l'objet hors de portée de son ami. Pas avant que tu n'aies admis être à côté de tes pompes ! (Le soleil le rôtissait vivant. Vite, il devait le ramener à la raison.) Regarde-moi, Max ! Dis-moi que tout va bien. Je veux te l'entendre dire !

— Bon sang ! rugit Max, les veines de son cou saillant comme des câbles hydrauliques.

Il leva une main et une boule d'énergie jaillit, frappant Michael à la poitrine. Elle le projeta dans les airs, par-dessus le pare-brise, et il retomba sur le capot. L'impact lui coupa le souffle. Il lâcha les jumelles.

Le métal chauffé à blanc lui brûla les bras.

Michael profita de son élan pour tomber de la « poêle à frire » sur l'asphalte ramolli.

Aïe ! Quelqu'un a-t-il relevé le numéro d'immatriculation de ce missile... ?

Par bonheur, le parking du *Days Inn* n'était guère fréquenté à cette heure. Les touristes étaient repartis. Mais Michael se sentit obligé de se relever sans attendre et d'annoncer à la cantonade :

— Tout va bien ! Il n'y a pas de quoi s'inquiéter ! Ah, que je suis maladroit... !

Un couple de personnes âgées le regarda bizarrement.

Qu'ont aperçu ces gens ?

Il espéra que l'incident s'était déroulé trop vite pour qu'ils aient pu voir Max à l'œuvre...

— Désolé de vous avoir fait peur, ajouta-t-il en brossant ses vêtements. Mon flash est parti par erreur… Ça m'a fait sursauter et je suis tombé. Mais je vais bien, à part quelques égratignures…

En fait, il avait si mal aux côtes qu'il aurait cru avoir été pilonné par un marteau-piqueur. Respirer lui faisait mal. S'avisant que son T-shirt était brûlé, il s'empressa de tourner le dos au couple pour arranger ça.

Ils m'ont cru ? Quelle improvisation lamentable… Ou vais-je finir sur la première page d'un journal à sensation ?

Il retint son souffle. Les retraités secouèrent la tête de désapprobation, puis s'éloignèrent en marmonnant, très peu désireux d'être mêlés aux « activités suspectes » des deux jeunes gens.

Merci, mon Dieu, pensa Michael, soulagé de constater que le vieux couple n'allait pas crier : « A l'aide ! Aux extraterrestres ! » *C'était moins une.*

Le pire ayant été évité, il se tourna vers Max, qui, les yeux écarquillés, regardait sa main. L'air penaud, il semblait partagé entre le choc et le remords. Sous son coup de soleil, il était livide.

— Oh, Dieu, Michael ! s'écria-t-il, sautant de la Jeep pour courir vers son ami. Comment vas-tu ?

— Eh bien, j'y réfléchirai à deux fois avant de me remettre entre l'objet de ta vengeance et toi…

Après avoir vérifié que personne ne pouvait le voir, il souleva son T-shirt pour inspecter les dégâts. Il en serait quitte pour une énorme ecchymose sur le sternum…

— Je survivrai, déclara-t-il.

A la vue de l'hématome, Max se décomposa.

— Bon sang, je n'ai jamais voulu… Crois-moi, je… (Incapable de finir sa phrase, il laissa retomber ses bras le long de son corps, comme s'il avait peur de les lever.) Je suis terriblement navré, Michael.

— Ça, je le sais, répondit son ami.

J'ignore ce qui me sidère le plus : qu'il ait utilisé ses pouvoirs contre moi ou qu'il l'ait fait en public…

Michael s'appuya à la Jeep.

— Mais peut-être vas-tu enfin te décider à me croire… Le Max Evans que je connais n'aurait jamais voulu envoyer son copain sur orbite, et encore moins sur le parking d'un motel…

Max hocha la tête. Il avait les yeux baissés, incapable de regarder Michael en face.

— Tu as peut-être raison. Une ou deux fois, j'ai senti que je perdais mon contrôle… (Il releva la tête, laissant paraître son angoisse.) Je n'y peux rien… C'est comme si j'étais de nouveau au *Crashdown*, penché sur Liz, à la regarder mourir.

— C'est ce que je disais, mon pote ! (Malgré la douleur qui lui taraudait les côtes, Michael sourit. Enfin, il avait l'attention de Max.) D'après Maria, qui tient ça d'Alex, qui lui-même l'a lu dans un livre, tu souffres d'un cas classique de névrose posttraumatique.

Max fronça les sourcils. Il détestait tout ce qui l'empêchait de protéger ses amis.

— D'accord, mais que puis-je faire ?

— Eh bien, commence par écouter tes copains quand ils te disent que tu pètes les plombs. Au prochain flash-back, avertis-nous. A part ça… (Michael haussa les épaules.) Tu trouves que j'ai l'air d'un psy ?

— Non, plutôt d'un steak de soixante-quinze kilos fraîchement attendri, plaisanta Max, redevenu lui-même. (Il regarda le torse bleu-noir de son ami.) Rentrons pour que j'arrange ça, d'accord ?

— Ne crains-tu pas que Morton en profite pour nous échapper ?

Max hésita, jetant un coup d'œil au repaire du tireur fou, tiraillé entre des priorités contradictoires. Puis il se retourna vers Michael.

— Pas si nous nous dépêchons.

Michael secoua la tête.

— Pas si vite ! J'apprécie, mon vieux, mais je veux découvrir ce qu'il y a dans cette mallette.

Il ramassa les jumelles. Une lentille était cassée et il lui fallut un instant pour la réparer. Puis il monta à l'arrière de la Jeep et se tourna vers le *Motel 6*.

— Va chercher Alex ou Isabel. Ensuite, nous utiliserons nos bons vieux dons de guérison sur mes côtes. (*Morton doit faire la grasse matinée*, décida-t-il.) Max, tu as un plan ?

— Bien sûr, répondit son ami, comme si ça allait de soi. Que crois-tu que je faisais ici, sinon penser à enseigner à Morton la signification de l'expression « enlevé par des extraterrestres » ? Mais ne t'inquiète pas. A l'avenir, je t'informerai de mes intentions. Tu pourras me prévenir si je perds la tête.

— Merci, répondit Michael. Je n'y manquerai pas.

CHAPITRE XVI

— Nous aurons besoin d'une diversion pour débusquer Morton et son complice, dit Max. Ainsi, je fouillerai la mallette.

Alex s'était porté volontaire pour surveiller le tireur. Pendant ce temps, ses amis débattaient du plan de Max. Assise au pied d'un des lits défaits, Liz était déterminée à prendre part à l'action – même si elle avait l'estomac noué chaque fois qu'on mentionnait Morton.

Si je laisse les autres résoudre mes problèmes, se dit-elle, *je me sentirai toujours une victime.*

— La question est : quel genre de diversion ? continua Max.

Il avait passé un bras autour des épaules de Liz. L'air conditionné vrombissait doucement sous la fenêtre voilée par les rideaux tirés.

Adossée au mur, les bras croisés, Isabel poussa un soupir dramatique.

— Laissez-moi faire..., dit-elle d'un ton las.

Près de Michael, Maria leva les yeux au ciel.

— Laisse-moi deviner : tu vas battre des cils jusqu'à ce qu'ils succombent ? C'est ta solution à tous les problèmes ?

Isabel eut un sourire suffisant.

— Oui, puisque ça marche à tous les coups.

Liz vit que Maria était sur le point de répliquer. Préférant mettre un terme à cette joute verbale avant qu'elle ne dégénère, Max fut plus rapide.

— Sans vouloir t'offenser, Iz, il nous faudra quelque chose de plus ambitieux, déclara-t-il. Et retenir Morton et son complice assez longtemps pour que je fouille leur chambre.

— Pourquoi toi ? demanda Michael. (Liz le vit échanger un regard entendu avec Max... Avait-elle raté un chapitre ?) Tu te souviens de notre conversation, ce matin ? Vu les circonstances, je doute que tu sois le meilleur choix pour cette opération.

Max accepta la critique sans broncher.

— Je vois où tu veux en venir. Et ton inquiétude me touche. Mais je dois le faire ! Dis-toi qu'ainsi, je n'aurai pas à approcher Morton. Je vous le laisse.

Pourquoi ? se demanda Liz, étonnée.

La veille, il brûlait d'affronter le tireur ! Une fois de plus, elle avait l'impression d'avoir manqué une étape essentielle, peut-être la « conversation » à laquelle Michael venait de faire allusion.

Je poserai la question à Max plus tard, quand nous serons seuls.

— Bon, concéda Michael. Mais quelqu'un devrait aller avec toi, *en renfort.*

Il avait insisté sur ces deux derniers mots.

Ce serait plus raisonnable, en effet, pensa Liz.

— J'accompagnerai Max ! lâcha-t-elle vivement.

Cela prit tout le monde de court. Quoi de surprenant ? Depuis la veille, elle semblait privée de tous ses moyens.

— Quoi ? s'écria Max. (Il posa sur elle un regard troublé.) Tu n'es pas sérieuse !

— Il a raison, renchérit Maria. Tu n'as pas à faire ça. Nous y arriverons sans toi.

Liz fut tentée de se dégonfler tant elle ne voulait pas quitter la sécurité relative de la chambre ! Mais si elle voulait redevenir elle-même, avait-elle le choix ?

— Vous ne comprenez pas… (Sa voix tremblait.) Il *faut* que je le fasse. C'est peut-être mon seul espoir de guérison.

Son chemisier dissimulait l'empreinte, sur son ventre, mais elle la sentait picoter, rappel tangible de son incapacité à se libérer de ses souvenirs.

— Alex a raison, je dois affronter mes peurs.

— Tu es sûre, Liz ? demanda Max. (Il savait ce qu'elle subissait et pourquoi prendre part à l'opération avait tant d'importance à ses yeux.) Ça pourrait être dangereux.

— Je sais.

— Bon, très bien, trancha-t-il sur un ton digne d'un roi, fût-il d'une planète lointaine. Liz et moi fouillerons la chambre de Morton pendant que vous le tiendrez à l'écart.

Il prit la main de la jeune fille et la serra.

Michael n'avait pas l'air content, mais il ne fit aucun commentaire.

— Bien… (Il haussa les épaules.) Reste à trouver quel genre de diversion fera l'affaire.

Un sourire fendit le beau visage de Max.

— Je crois que j'ai une idée. Ecoutez…

— Je voudrais la chambre 19, demanda Michael.

Les mains moites, il attendit qu'on lui passe Morton. Assise à côté de lui, dans la Jeep, Isabel se mordillait nerveusement les lèvres. Les autres étaient déjà en position. Michael n'appréciait pas de devoir passer cet appel sur le parking du *Days Inn*, à partir d'un portable. Mais ils avaient rendu les clés des chambres, espérant ne plus en avoir besoin.

Pourvu que la « marchandise » vaille la peine que nous nous donnons !

— Oui ? fit la voix du tireur. Qui est à l'appareil ?

— Mon nom n'a aucune importance, monsieur Morton, répondit Michael, sur le ton de la conspiration. Ce qui compte, c'est ce que je peux faire pour vous.

— Attendez un peu ! beugla Morton. Comment connaissez-vous mon nom ? Où avez-vous eu ce numéro ?

Malgré la fournaise, Michael garda son sang-froid.

— Nous avons un ami en commun, monsieur Morton. Un certain lieutenant Ramirez.

— Ramirez ! (Michael n'eut aucun mal à se représenter son expression ébahie.) Impossible ! Il ne connaît pas ce numéro !

Oups... !

Mais il avait réussi à retenir l'attention du tireur.

— Sans doute avez-vous sous-estimé ses ressources, Morton...

Il crut entendre une autre voix – celle du physicien.

— La ferme ! cracha Morton. C'est à quel sujet ?

— J'ai cru comprendre que vous vous intéressiez à une certaine marchandise provenant d'un accident aérien célèbre... (Il espérait piquer la curiosité du tireur avec ses allusions au Crash. *On peut être deux à jouer à ces petits jeux...* Le tout était de faire croire qu'il en savait plus long qu'en réalité.) N'est-ce pas, monsieur Morton ?

Répéter ainsi son nom devrait suffire à l'irriter. *N'importe quoi pour l'empêcher de raccrocher...*

— Peut-être, répondit Morton, soupçonneux. Mais

je refuse d'en parler sur cette ligne. (Il se fit plus menaçant.) Ne rappelez jamais ce numéro, compris ?

— Sûr, dit Michael. Venez me rejoindre chez *Denny*, en face de votre motel, aussi vite que possible. Je vous attends. (Morton commençant à protester, il coupa :) Venez avec le scientifique de Las Cruces…, lâcha-t-il.

Michael entendit son correspondant déglutir.

— Eh, qui vous a parlé de lui ? (Les informations que détenait son interlocuteur le mettaient visiblement très mal à l'aise.) Bon sang, qui êtes-vous ?

Son ton paniqué amena un sourire suffisant sur les lèvres de Michael.

— Venez me retrouver chez *Denny*, répéta-t-il. Ne me faites pas attendre.

Il raccrocha avant que l'autre puisse protester. Soulagé, il mesura à quel point il avait été tendu.

L'adrénaline courait encore dans ses veines.

Il ne l'aurait jamais admis, mais il regrettait de n'avoir pas un des flacons de Maria à renifler.

Ça, c'est de la haute voltige... sans filet.

— C'était lui ? demanda Isabel. Il viendra ?

— Oui, répondit Michael, très sûr de lui.

Morton ne laisserait pas passer l'occasion de rencontrer l'inconnu qui en savait tant sur lui.

D'accord, Max... (Il inspira profondément avec l'espoir de se calmer.) *J'ai fait ma part. A toi de jouer.*

CHAPITRE XVII

Dissimulés derrière la machine à glaçons, Max et Liz virent Morton et le scientifique sortir de la chambre 19, l'air nerveux, puis monter dans la Chevrolet et quitter le parking – probablement pour aller chez *Denny*, de l'autre côté de la nationale. Max compta lentement jusqu'à cinq avant de se tourner vers sa compagne.

— Prête ? demanda-t-il d'une voix tendre.

Aussi prête que je le serai jamais, pensa Liz en acquiesçant.

Son cœur affolé faisait plus de vacarme qu'un compteur Geiger à Los Alamos… Elle luttait contre la panique. Hantée par le souvenir de la fusillade, elle pouvait presque entendre le coup de feu partir, sentir l'odeur de la poudre, et se revoir en train de se vider de son sang…

Non, pas ça ! supplia-t-elle. *Pas maintenant.*

— Tu peux attendre en compagnie d'Alex et de Maria, si tu préfères, lui rappela Max.

Leurs amis avaient garé la Jetta au bout du parking, au cas où Max et Liz devraient décamper en vitesse.

— Non…, répondit-elle, tremblante d'émotion. Allons-y.

Elle ferma les yeux pour rassembler son courage.

Max sortit à découvert et se dirigea vers la chambre 19. Elle le suivit, utilisant sa présence comme un antidote à son cauchemar récurrent.

La fusillade n'a pas été une expérience entièrement négative, se rappela-t-elle.

Si elle n'avait pas failli mourir, Max Evans ne serait jamais entré dans sa vie – au moins pas d'une façon aussi inoubliable.

Nous avons fait de ce drame un commencement, alors tout ça ne peut pas se terminer ainsi !

La pancarte « NE PAS DÉRANGER » n'arrêta pas Max. Il empoigna le bouton de la porte ; la serrure ne lui résista pas une seconde. Les deux amis regardèrent autour d'eux, s'assurant qu'ils étaient seuls, puis ils se glissèrent dans la chambre et refermèrent derrière eux.

Les rideaux tirés dissimulaient les activités criminelles de Morton aux yeux du monde. Liz voulut allumer la lampe, mais Max lui saisit le poignet et secoua la tête. Une main levée, il fit apparaître un globe lumineux au creux de sa paume.

— Regarde..., chuchota-t-il.

Il désignait la table où était assemblé un laboratoire de poche.

Il y avait des lamelles, des éprouvettes, un bec Bunsen, un microscope, un ampèremètre, des équipements laser, des bouteilles de catalyseurs et un compteur Geiger.

— Ça doit appartenir au type de Las Cruces, présuma Max.

Liz éprouva un soupçon de jalousie en inspectant les instruments de pointe, aux antipodes ou presque du matériel archaïque et usé du lycée de Roswell...

— On dirait que notre ami fait des analyses chimiques…, dit-elle. Probablement métallurgiques ou minéralogiques.

Max lui glissa un regard admiratif.

— Une chance que tu sois là ! Etant un extraterrestre, je devrais sans doute avoir honte que tu en saches plus en sciences que moi…

Ils échangèrent des sourires amusés.

— La nuit dernière, Morton a dit à Ramirez qu'il voulait faire expertiser la « marchandise » avant de lui remettre l'autre moitié de son argent. Ça doit être là pour ça…

Logique, pensa Liz.

— Oui, mais où est la fameuse marchandise ?

Tous les instruments sont en place, alors où sont les échantillons ?

— Bonne question, répondit Max.

Tournant le dos au laboratoire, il éclaira le reste de la chambre. Liz chercha l'attaché-case. En vain. La pagaille régnait. Des canettes de bière, des emballages de pizzas et des bouteilles de Coca-Cola jonchaient le tapis. Les cendriers débordaient de mégots. Des magazines pornographiques s'empilaient sur la table de chevet, entre les deux lits, qui ne semblaient pas avoir été faits depuis des jours. Bien que rafraîchi par la climatisation, l'air empestait le tabac et le linge sale. Personne n'avait dû faire la chambre depuis qu'elle était occupée.

« Ne pas déranger », bien sûr…, pensa Liz. *Ces deux-là tiennent à leur intimité.*

Apparemment, ils étaient paranos au point de planquer la mallette. La lumière produite par Max illumina chaque coin et recoin de la pièce. En pure perte.

Hum... Si j'étais un attaché-case contenant de la contrebande extraterrestre, où me cacherais-je ?

A quatre pattes, elle regarda sous un lit. Max l'imita pour l'éclairer. Liz aperçut alors un attaché-case noir.

— Oh, mon Dieu, il est là, Max !

Elle le prit et le posa sur les draps froissés. Il était étrangement léger... Et naturellement fermé à clé. Liz s'écarta pour laisser faire Max. La serrure s'ouvrit avec un *clic !* La jeune fille retint son souffle, s'attendant à découvrir un embryon extraterrestre dans un bocal...

La mallette contenait plusieurs feuilles d'un étrange métal argenté, pliées de manière à tenir dans un espace restreint. Avec soin, et révérence, Max en sortit une et l'étala sur le lit. Une fois à plat, elle avait la dimension d'une taie d'oreiller. Tous les plis disparurent comme par enchantement.

Max tira sur un coin afin d'éprouver la résistance du matériau. Il eut beau faire, il ne réussit pas à le déchirer. Il devait falloir une force cataclysmique pour le mettre en pièces...

— Liz, souffla Max, sais-tu ce que c'est ? (Le métal parfaitement lisse réfléchissait la lumière surnaturelle qui émanait de sa paume.) Le matériau indestructible que le capitaine Carver a trouvé sur le lieu du Crash en 47. Celui qu'il a montré à Michael !

Liz hocha la tête. Le pilote à la retraite, aujourd'hui décédé, avait raconté à Michael ce qu'il avait vu sur le site du Crash et ce qui s'était passé ensuite. Il lui avait montré un morceau de métal très semblable à ce qu'il avait maintenant sous les yeux...

Ce sont certainement des parties de la coque du vaisseau qui a amené Max et les autres sur la Terre, s'émerveilla Liz. *Combien d'années-lumière a traversé ce matériau ?*

Histoire de confirmer ses soupçons, Max ramassa la feuille, la froissa et la déposa sur les draps. La feuille se déplia aussitôt, redevenant parfaitement lisse…

Max et Liz échangèrent un regard entendu. La faculté de reprendre sa forme d'origine, même après avoir été compacté ou écrasé, était une des caractéristiques du métal extraterrestre trouvé sur le site du Crash. Tous les témoins pouvaient en attester – y compris Michael et Carver.

— C'est vrai… (Max toucha délicatement la feuille argentée, comme s'il s'agissait d'une relique.) Ça provient bien du Crash…

Pas étonnant que nous n'ayons déniché aucun échantillon avec le matériel de labo…, pensa Liz, impressionnée par la résistance et la durabilité du matériau. *Le pauvre physicien n'a pas dû être capable d'en couper un morceau.*

— L'Air Force doit mener des expériences avec ce métal à White Sands, déduisit-elle. C'est sûrement de cette façon que Ramirez a pu mettre la main dessus.

Même si les détails étaient classés top secret, tout le monde savait que le Pentagone testait des avions et des systèmes de missiles à White Sands.

— Mais que peut vouloir en faire Morton ? demanda Max.

Il vérifia le contenu restant de la mallette. Au milieu des feuilles argentées, il découvrit des débris ocre, lisses et souples comme du plastique, mais non moins résistants que l'alliage. Ils étaient couverts de hiéroglyphes roses et violets, étrangement semblables aux pétroglyphes découverts dans une grotte de la réserve indienne de Chien de Rivière. A l'époque, ils ignoraient qu'ils avaient été laissés là par Nasedo, bien avant la venue au monde des hybrides. Les témoins présents sur le site du Crash, en 47, parlaient également de fragments couleur sable.

On ne grandit pas à Roswell sans savoir tout ça.

— Il compte probablement le revendre aux plus offrants, supposa Liz. Même sans mentionner son origine – seuls les amateurs les plus fortunés pourraient se l'offrir –, un matériau aussi léger et résistant rapporterait des milliards à qui réussirait à le dupliquer. C'est de l'espionnage industriel, sinon de l'espionnage tout court – plus d'un gouvernement aimerait savoir ce que les Américains fabriquent à White Sands... (A son tour, elle froissa la feuille et la regarda se déplier.) Dans un cas comme dans l'autre, Max, la somme en jeu est colossale.

Assez pour pousser au meurtre...

Frissonnant, elle comprit que ces artefacts étaient certainement à l'origine de l'accès de colère de Morton, au *Crashdown*.

C'est pour eux que j'ai failli mourir !

Mais cette fois, elle refoula le flash-back. Fascinée par le mystère de la mallette, elle devenait moins vulnérable aux effets de sa névrose posttraumatique.

Connaissant maintenant les causes du drame dont elle avait failli être victime, elle était capable de surmonter l'épreuve. Il ne s'agissait plus d'un cruel hasard, mais d'une conspiration dont les tenants et les aboutissants se précisaient.

Elle jeta un coup d'œil à sa montre... Combien de temps Michael et Isabel pourraient tenir éloignés Morton et le physicien ?

Dix minutes, déjà...

— Allons-y, dit-elle à son compagnon dont la fascination – compréhensible – occultait l'instinct de conservation. Emportons la mallette.

— Tu es sûre ? (Max rangea la feuille.) Morton s'en apercevra…

— Je m'en fiche ! Et s'il comptait vraiment la vendre à l'étranger ? (Elle lui effleura la main, espérant lui faire comprendre, sinon partager, son point de vue.) Isabel, Michael et toi n'avez aucune raison de faire confiance au gouvernement fédéral, surtout après les tortures que ses agents t'ont infligées dans la chambre blanche… Mais je suis américaine, Max, et je ne peux pas laisser Morton vendre nos secrets à Dieu sait qui.

A son grand soulagement, Max ne contesta pas son patriotisme.

— D'accord, répondit-il sans hésiter. (Il referma la mallette.) Tu as raison. Je n'aimerais pas que cette technologie tombe entre de mauvaises mains. Mais ne me demande pas de rapporter la *marchandise* à White Sands…

— Je pensais plutôt à la Zone 51…

Comme il était bon de plaisanter avec le garçon qu'elle aimait ! Elle se félicitait d'avoir eu le courage de l'accompagner. C'était ce qu'il lui fallait pour ne plus avoir pathologiquement peur de Joe Morton et de son arme.

Maintenant, filons ! décida-t-elle en se dirigeant vers la porte. *Avant qu'il ne revienne…*

CHAPITRE XVIII

Moins de dix minutes après le coup de fil de Michael, Morton et le scientifique arrivèrent chez *Denny*. Les deux hommes balayèrent la salle du regard, cherchant leur interlocuteur anonyme.

Michael a dû semer le doute dans l'esprit tordu de Morton..., pensa Isabel en frissonnant au souvenir de ce qu'elle y avait glané.

Les deux crapules n'avaient pas la fameuse mallette noire.

Ils ont dû la laisser au motel... Tout compte fait, le plan de Max est plutôt bien pensé.

Michael leva discrètement la main, au cas où leurs déguisements n'auraient pas attiré l'attention de Morton. Puisqu'ils prétendaient travailler avec Ramirez, ils avaient transformé leurs vêtements en uniformes de l'U.S. Air Force. Des lunettes à miroirs complétaient leur tenue. Michael arborait une coupe militaire. Isabel dut reconnaître que ça lui allait bien.

En colère, Morton avança vers leur table. Son complice le suivit, jetant des regards furtifs autour de lui, sans doute prêt à déguerpir à la moindre alerte.

Mauvais..., se dit Isabel.

Il s'agissait de retenir les *deux* hommes pour que Max et Liz mènent à bien leur mission. La jeune fille fit un sourire engageant à l'Asiatique, histoire de le mettre à l'aise.

Morton s'assit sur la banquette du box, face aux jeunes gens déguisés.

— Nous voilà ! fit-il. Qui êtes-vous et que voulez-vous ? (Son complice prit place à côté de lui.) Faites vite !

Ça, ça ne va pas être possible..., pensa Isabel.

La proximité de Morton lui flanquait la chair de poule, sans parler des odeurs, des bruits et des abominations dont elle avait fait l'expérience dans son inconscient... Elle voyait encore la cervelle du motard gicler contre le mur, puis les doigts boudinés du fou de la gâchette s'enfonçant dans son bras... Même en rêve, il restait un individu malsain et violent. Max avait effacé ses ecchymoses, mais elle se souvenait que Morton l'avait pourchassée dans son maudit casino.

— Eh bien ?

Les vêtements de Morton étaient moins clinquants que dans son fantasme. Un paquet de cigarettes ouvert dépassait de la poche de sa chemise en flanelle et une casquette dissimulait son crâne dégarni. Isabel essaya discrètement de repérer une bosse sous sa chemise, trahissant la présence d'une arme, mais la table l'en empêcha.

— Crachez le morceau ! cria Morton. Dites ce que vous avez à dire, qu'on en finisse !

Michael avait promis de parler pour eux deux, car Morton connaissait déjà le son de sa voix. Isabel avait accepté de l'accompagner, même si le malfrat risquait de la reconnaître, histoire de le seconder pour les « effets spéciaux ».

— Du calme, fit Michael. (Il but une gorgée de café.) Comme je vous l'ai dit, nous travaillons avec le lieutenant Ramirez, qui, je crois, ne vous est pas inconnu.

— Fils de pute ! cracha Morton, incapable de contenir sa fureur. Pouvait pas fermer sa grande gueule ! (Il agita un index gros comme une saucisse sous le nez de Michael.) Dites à ce soldat de malheur que je n'apprécie pas qu'il ait parlé de notre arrangement ! Je me fiche de savoir qui vous êtes. Il va le regretter, vous pouvez me croire !

Isabel espéra que le lieutenant ne se ferait pas abattre à cause d'eux. Il ne lui avait pas semblé un si mauvais bougre, près du Puits Sans Fond. Elle se représenta Ramirez à genoux dans la ruelle, sa tête éclatant comme celle du motard… Puis elle se rappela qu'il avait conclu avec Morton un marché qui avait failli précipiter Liz dans sa tombe et dévoiler leurs secrets…

Notre réaction était inévitable, je suppose…

— C'est votre problème. Voyez ça avec Ramirez, répondit Michael. Nous avons un propre marché à vous proposer, ainsi qu'à vos employeurs.

— Ah, ouais ?

La serveuse qui venait prendre la commande fila sans demander son reste devant le regard mauvais de Morton… Transpirant à grosses gouttes, le scientifique essayait de disparaître derrière son menu, levé comme un bouclier.

— Quel genre de marché ? demanda le tireur.

Isabel retint son souffle. Comment Michael allait-il s'en sortir ?

Ce serait plus facile si nous savions ce qu'il a extorqué à Ramirez.

Elle se souvenait du rêve de Morton… Hélas, ce

genre de symbolisme, aussi traumatisant fût-il, ne leur était d'aucune aide.

Michael fit de son mieux avec le peu qu'ils savaient.

— Je crois vous l'avoir déjà dit. Ça concerne un certain accident très controversé qui eut lieu au nord d'ici, il y a cinquante ans.

— Ouais, grogna Morton. Le Crash de Roswell. Inutile de faire tant de mystères ! (Il jouait avec un couteau à pain. Isabel ignorait toujours s'il était armé.) Venez-en au fait. Comment être sûr que vous ne bluffez pas ?

Michael se pencha et baissa d'un ton.

— Monsieur Morton, vous et moi savons parfaitement que ce qui s'est écrasé à Roswell en 47 n'avait rien d'un ballon-sonde, n'en déplaise aux autorités !

— Peut-être..., répondit le malfrat, sceptique. Les fêlés qui disent avoir vu un OVNI ou maquillent des enregistrements fourmillent, dans la région. Comme ces clowns avec leur foutue vidéo d'autopsie... En quoi vous distinguez-vous du lot ?

Cette vidéo m'a donné des cauchemars pendant des semaines, même si c'est un faux...

Isabel frémit... Max avait failli tenir le premier rôle d'un enregistrement montrant une *vraie* autopsie d'extraterrestre...

Ce n'est pas le moment d'y repenser ! se morigéna-t-elle. *Concentre-toi sur ta mission !*

— En quoi nous distinguons-nous du lot ? répéta Michael, sans se départir de son expression un rien suffisante. Excellente question ! Peut-être le sommes-nous parce que nous avons accès à certains « souvenirs » du Crash. (Il fit un signe de tête à Isabel ; il était temps de passer à la seconde partie du plan de Max.) Et nous sommes prêts à vous en apporter la preuve…

Que le spectacle commence ! pensa Isabel en ramassant le vieux sac à dos qui traînait à ses pieds.

Elle en sortit deux objets qu'elle posa délicatement sur la table. Le premier, en fil de cuivre, formait une rosace compliquée, rappelant les célèbres cercles découverts dans des champs en Angleterre. Le second ressemblait à une coiffe futuriste faite d'un matériau iridescent qui réfléchissait la lumière des néons.

En réalité, il s'agissait tout bêtement d'une patère et d'un bonnet de douche – empruntés au motel – dont ils avaient *réarrangé* les molécules.

Du joli boulot ! se félicita Isabel.

Mais réussiraient-ils à berner Morton et son complice assez longtemps pour permettre à Liz et à Max de fouiller leur chambre ?

— Alors, messieurs…, fit Michael. (Isabel décida qu'elle ne jouerait jamais au poker avec lui.) Me prenez-vous enfin un peu plus au sérieux ?

Le scientifique sembla impressionné, mais Morton renifla de dédain.

— Vous plaisantez ? fit-il, plus amusé qu'irrité – pour le moment. J'ai vu des accessoires plus convaincants dans des pièces de théâtre amateur ! (Soudain, il se rembrunit.) Vous avez intérêt à ne pas me faire perdre mon temps !

— Je n'y songerais même pas, assura Michael. (Il agita une main au-dessus des artefacts.) Regardez plutôt !

Il tapota la rosace qui émit une lueur blanche. Même Joe Morton en resta bouche bée. Le fil brilla si vivement que le malfrat et son complice durent détourner les yeux. Michael toucha encore la patère modifiée et la luminosité baissa, puis disparut. Il attendit que les deux hommes se penchent de nouveau sur le fil désormais inerte pour le soulever : le motif de la rosace s'était imprimé sur la table comme dans les champs anglais.

— Par la vache sacrée ! souffla le scientifique.

Isabel réparerait les dégâts avant de sortir.

En dépit de son attitude hostile, Morton était visiblement impressionné. Après avoir jeté un coup d'œil autour de lui, vérifiant que personne n'avait remarqué la scène, il posa une serviette en papier sur la trace.

— D'accord…, fit-il à contrecœur. (Il montra la coiffe argentée.) Et ça ?

— Nous pensons que cet objet est une sorte de casque utilisé par les extraterrestres en cas d'accident, répondit Michael. (Il souleva le bonnet iridescent pour le tendre à Isabel.) Ma collègue va vous faire une démonstration…

Isabel déchira le bonnet en deux, puis lissa le « casque » sur la table. Comme par magie, il reprit sa forme initiale. Il ne restait plus trace de la déchirure.

— C'est tout ? grogna Morton en lorgnant les artefacts.

— Non. (Michael fit un signe de tête à Isabel.) Si vous voulez bien, lieutenant…

Isabel résista à l'envie de saluer et plaça le casque sur sa tête. Les yeux fermés derrière ses lunettes miroirs, elle se concentra sur l'effet qu'elle voulait obtenir. Morton et l'Asiatique s'exclamèrent quand le bonnet prit la couleur des cheveux dorés d'Isabel, devenant invisible.

— Comme vous pouvez le voir, annonça Michael, sur le ton d'un présentateur de téléachat, ce casque a une capacité de camouflage inouïe.

Il semblait s'amuser, alors qu'Isabel était mal à l'aise d'utiliser ses pouvoirs en public. Même si les résultats seraient imputés à une prétendue technologie extraterrestre. Morose, elle ôta le bonnet et le reposa sur la table, lui rendant sa couleur futuriste. Morton voulut s'en emparer. Avec une efficacité toute militaire, elle fit prestement disparaître les objets dans le sac.

Grognant comme la brute qu'il était, le malfrat tenta de lui arracher le sac. Michael s'interposa.

— Tout doux, l'ami ! Le spectacle est terminé. Maintenant, parlons affaires. Qu'avez-vous à mettre sur la table ?

— Pas la peine de la ramener comme ça ! cracha Morton en croisant les bras, un regard ouvertement hostile rivé sur les « officiers ». Je ne vous connais ni d'Eve ni d'Adam. C'est quoi son histoire, à elle ? Madame n'a pas de langue ?

L'estomac d'Isabel se noua, mais Michael n'avait rien perdu de son aplomb.

— Ma collègue préfère me laisser mener la transaction. Ses raisons ne vous regardent pas. Après tout, vous ne m'avez pas présenté votre associé, que je sache.

Morton se raidit.

— Vous ignorez qui il est ? fit-il, visiblement surpris… et plus soupçonneux que jamais.

Oh, non ! pensa Isabel.

Elle se rappelait avoir entendu Michael déclarer au téléphone qu'il savait tout du mystérieux scientifique de Las Cruces… Cette erreur remettait tout en question.

Les yeux chafouins du tueur se plissèrent.

— Que vous a raconté Ramirez, hein ? Comment m'avez-vous trouvé ? Je n'ai jamais dit à cette lopette où je créchais !

— Nous avons nos propres sources..., improvisa Michael, essayant de rattraper sa bourde. Tout ça ne vous concerne en rien.

Cette fois, Morton ne marcha pas.

— Je ne fais pas affaire avec des gens comme vous ! grogna-t-il.

Faisant montre d'une rapidité surprenante, il arracha les lunettes de soleil d'Isabel.

Surprise, elle se jeta en arrière, dans l'ombre du box. Une fraction de seconde, il lui sembla être de retour au casino, le canon du pistolet du tueur braqué sur elle.

Morton parut aussi surpris qu'Isabel.

— *Vous !* (Il écrasa les lunettes dans son poing.) La garce qui a volé ma mallette, la nuit dernière ! Bon sang ! A quel foutu jeu mental jouez-vous ?

Le scientifique paniqua.

— Que se passe-t-il ? glapit-il, se tassant sur son siège.

Morton le poussa de la banquette tant il avait hâte de s'éloigner d'Isabel. Bondissant sur ses pieds, il dégaina son arme.

— Donnez-moi ce sac ! rugit-il. Vite !

Des cris terrifiés retentirent.

— Attention ! Il est armé ! hurla quelqu'un pendant que les clients et les serveurs plongeaient à couvert sous les tables.

— Appelez la police !

C'est comme au Crashdown ! se dit Isabel, les souvenirs empruntés à Liz défilant dans sa tête.

Le cœur battant, elle tendit le sac au malfrat, qui le passa à son complice.

— Personne ne nous suit ! menaça Morton, avant

de tirer dans le plafond, histoire de s'assurer qu'il s'était bien fait comprendre.

— Oh, mon Dieu ! souffla Isabel, alors que le tireur fou et son complice s'enfuyaient. Il faut prévenir Max et Liz !

Les mains tremblantes, elle sortit son portable de son sac et composa le numéro du motel. Profitant du prestige de l'uniforme, Michael s'adressa aux employés et aux clients du restaurant.

— Restez calme ! Et assis ! Nous allons prendre vos dépositions.

— Allez..., murmura Isabel.

Par la fenêtre, elle vit les deux hommes se frayer un chemin au milieu d'un groupe de touristes. La sonnerie stridente lui rappela qu'ils n'avaient pas une minute à perdre. Il ne fallait pas que Morton surprenne Liz et Max dans sa chambre !

— *Motel 6*, bonjour, dit une voix de femme après cinq ou six sonneries. Que puis-je pour vous ?

Enfin !

— Je dois parler d'urgence aux occupants de la chambre 19, s'il vous plaît !

L'opératrice transféra l'appel, mais personne ne décrocha.

Isabel attendit, folle d'angoisse.

Allez, Max ! Décroche ce maudit téléphone !

Michael se demanda avec inquiétude pourquoi c'était si long.

— Désolée, dit l'opératrice. Il n'y a personne dans la chambre pour le moment. Voulez-vous laisser un message ?

Isabel raccrocha.

— Je n'arrive pas à les contacter, dit-elle, la peur au ventre.

— Et flûte ! jura Michael. Viens ! Courons là-bas !

Il prit Isabel par une main et l'entraîna.

— Hé ! Attendez ! cria quelqu'un.

Un serveur essaya de leur barrer la route ; Michael l'écarta sans ménagement. Isabel espéra que leurs déguisements seraient convaincants.

Alors qu'ils émergeaient sur le parking, dans la chaleur étouffante de l'après-midi, ils virent Morton et le scientifique monter dans la Chevrolet bleue. Des coups de klaxon et des crissements de pneus retentirent quand la décapotable perturba la circulation de la nationale, provoquant de nombreux accrochages. Les bruits de tôle froissée exacerbèrent le sentiment de désastre imminent d'Isabel. Son frère et sa petite amie étaient sur le point d'être surpris par un tireur psychopathe !

Sors de là, Max ! pensa-t-elle en s'asseyant au volant de la Jeep.

Michael s'installa à côté d'elle et se retourna pour repérer la Chevy le temps qu'elle mette le contact et démarre. Mais il devait se douter qu'elle ne rattraperait jamais Morton.

Tire-toi, Max ! Vite !

CHAPITRE XIX

Max laissa la lumière de sa paume baisser pendant qu'il suivait Liz vers la sortie. Une fois dehors, ils n'en auraient plus besoin. Il espérait qu'Isabel et Michael retenaient toujours Morton et son complice.

Liz a raison, pensa-t-il. *Nous devons sortir d'ici au plus vite !*

Liz allait saisir le bouton de la porte quand ils entendirent des pas et une voix coléreuse.

— Dépêchez-vous, bon sang !

C'était Morton.

Les deux jeunes gens se regardèrent, inquiets. Ils n'avaient nulle part où se cacher.

Max se tourna vers le téléphone.

Pourquoi Michael et Isabel ne nous ont-ils pas prévenus ?

Alors, il s'avisa que l'appareil était débranché.

— Non ! murmura-t-il.

Pourquoi le tireur fou avait-il fait ça ?

— Mince ! lâcha le scientifique. La porte est ouverte !

— Quoi ? rugit Morton.

La porte s'ouvrit à la volée, manquant percuter Liz, qui eut tout juste le temps de sauter en arrière. La lumière du soleil envahit la pièce, exposant les jeunes gens aux regards des deux hommes. Morton écarta son complice et bondit sur Liz.

— C'est quoi ce cirque ? rugit-il. (Puis il la regarda mieux et s'arrêta net.) Attendez… marmonna-t-il, la rage faisant place à la confusion. Je vous connais…

Il l'attrapa par un bras et l'attira plus près.

— Où… ?

Max leva une main, la paume tournée vers Morton. Une aura argentée entoura ses doigts écartés quand il se concentra pour l'envoyer *ad patres*. Mais il se souvint soudain du serpent à sonnette et des avertissements de Michael sur son manque de contrôle – et ce qu'il subirait s'il prenait une vie humaine… Le cadavre du reptile se superposa à la silhouette du malfrat. L'extraterrestre hésita.

Le scientifique en profita pour se jeter sur lui. Ils roulèrent sur le tapis, au milieu des canettes de bière et des emballages de pizzas. L'impact arracha un grognement à Max qui faillit lâcher le précieux attaché-case. Plus agressif qu'il n'en avait l'air, l'Asiatique voulut lui flanquer un coup de pied au menton.

Max roula sur le côté pour l'éviter, puis saisit son adversaire à la cheville, l'obligeant à sautiller à cloche-pied.

Dommage que ce métal soit si léger ! pensa Max en flanquant un coup de mallette au scientifique.

Il réussit à le déséquilibrer. L'Asiatique lui abandonna sa chaussure en toile. Max se concentra en se relevant ; l'énergie afflua en lui.

S'il le faut, j'imprimerai mon empreinte sur le cœur de Morton et de son infâme complice !

— Pas si vite, Bruce Lee ! grogna Morton avant que Max ne mette ses intentions à exécution.

Horrifié, il vit le malfrat braquer son pistolet sur la tempe de Liz.

— Restez où vous êtes, ou votre petite amie est morte !

Max se pétrifia, la main gauche près de sa hanche comme s'il voulait dégainer. Morton désigna l'attaché-case qu'il tenait toujours de l'autre.

— Récupère ça ! cria-t-il à son complice.

Le scientifique approcha prudemment de Max.

— Ne faites pas le malin, mon garçon ! cracha-t-il – moins convaincant que Morton. La mallette !

Max détestait l'idée de rendre des objets venus de son monde d'origine à ces deux types, mais il refusait de sacrifier Liz pour des morceaux de vaisseau.

— Prenez-la, dit-il froidement, sans quitter des yeux Morton et son otage. (L'Asiatique lui arracha la mallette et s'empressa de s'écarter.) Maintenant, laissez-la partir !

Le tueur l'ignora. Il jeta un regard noir à son complice.

— Assure-toi que la marchandise est toujours là !

Le scientifique posa l'attaché-case sur le lit le plus proche et obéit.

— Tout y est, annonça-t-il.

Il transpirait et son regard volait sans cesse vers la porte…

— Bien, fit Morton. Fichons le camp !

— Mais… mon équipement ! protesta l'Asiatique.

— Laissez-le ! (Tenant toujours Liz, Morton recula vers la sortie.) Allons-y !

— Attendez ! cria Max, terrifié à l'idée de donner un prétexte au fou de la gâchette pour se servir de son arme. Vous n'avez pas besoin d'un otage ! Prenez la mallette, mais laissez-la partir !

— Désolé, mon gars, elle vient avec nous. (Il attendit que son partenaire soit sorti, puis pointa son pistolet sur Max.) Quant à toi, *adios* !

D'instinct, Max leva les mains ; un écran émeraude se dressa entre le tueur et lui. La balle ricocha dessus pour aller se loger au plafond. Du plâtre et de la peinture s'en détachèrent, glissant sur la bulle protectrice.

— *Quoi ?*

Bouche bée, les yeux exorbités, Morton fit feu une deuxième fois. Le champ de forces dévia de nouveau le coup. Ses bajoues flasques toutes tremblotantes, le tueur entraîna Liz dehors, pistolet de nouveau braqué sur elle.

— N'approche pas, sale monstre ! brailla-t-il. N'approche pas !

Tremblant de peur et de frustration, Max serra les mâchoires. La barrière d'énergie donnait des reflets verdâtres au visage livide de Liz.

Ses pouvoirs l'avaient sauvé d'une mort certaine, mais qu'en était-il de Liz ?

Morton la tenait !

CHAPITRE XX

— Mon Dieu, Alex, qu'allons-nous faire ?

Paniquée, Maria humait de l'huile de romarin comme s'il s'agissait d'un élixir de vie… Sans résultat. Assis à côté d'elle, Alex avait l'air tout aussi horrifié.

Leur plan venait de leur exploser à la figure !

La Chevrolet bleue de Morton avait filé devant la chambre 19, prenant les deux jeunes gens par surprise. Puis les criminels s'étaient précipités à l'intérieur sans qu'ils puissent avertir Max et Liz.

Et comment aurions-nous pu ?

Alex et elle avaient sous la main une douzaine de flacons d'huile essentielle ! Aussi précieux soient-ils, Maria les aurait volontiers échangés contre un Uzi – et les connaissances qu'il fallait pour s'en servir. Comment un couple de jeunes gens ordinaires était-il censé sauver leurs amis d'un maniaque de la gâchette comme Morton ?

Impuissants, ils virent le scientifique sortir à toutes jambes, l'attaché-case noir serré contre sa poitrine. Puis des coups de feu claquèrent.

Deux coups, un pour Max, un pour Liz…

Portant vivement les mains à sa bouche pour étouffer un cri, Maria regarda Alex. L'expression de son ami lui confirma qu'elle n'avait pas rêvé… Des larmes lui brouillèrent la vue quand elle imagina Liz et Max baignant dans leur sang…

Où sont Michael et Isabel ? se demanda-t-elle, cherchant désespérément la Jeep du regard.

Elle crut la voir de l'autre côté de la nationale. Le tohu-bohu et la confusion y régnaient, résultant d'un carambolage.

Ce n'est pas juste ! (Alex et elle étaient à cent pour cent humains. Si Max et Liz étaient blessés, ni l'un ni l'autre ne seraient en mesure d'intervenir.) *Je ne pourrais rien faire pour les sauver…*

Maria était tellement convaincue que Morton avait abattu ses amis, qu'elle fut immensément soulagée en le voyant sortir avec Liz comme otage.

Elle est vivante ! (Mais Morton avait son pistolet au poing.) *Où est Max ?*

Les coups de feu et le carambolage avaient attiré l'attention. Beaucoup de gens passèrent la tête dans l'embrasure de leur porte, pour voir ce qui se passait, puis s'empressèrent de rentrer… Morton tira en l'air, histoire de tenir les curieux à distance. Il jeta Liz sur la banquette arrière de sa voiture et y monta à son tour, arme au poing.

Le scientifique démarra et quitta le parking, croisant Michael et Isabel dans la Jeep. Morton canarda le véhicule des surplus de l'armée, l'obligeant à rouler en zigzag.

La Chevy bleue s'enfuit dans un nuage de poussière, puis emprunta la bande d'arrêt d'urgence.

Maria devait-elle poursuivre les kidnappeurs ou retrouver Max ? Son dilemme fut résolu quand elle le vit sortir du motel et courir vers la Jetta. Il plongea sur le siège arrière, le souffle court.

— Max ! cria Maria. Ça va ?

— Oui… Fonce ! Ils ont Liz ! Il ne faut pas les perdre !

— Je sais !

Effrayée, elle mit le contact au moment où Michael et Isabel, toujours en uniformes de l'Air Force, se garaient à côté d'eux. Maria frémit en voyant le trou d'une balle dans le pare-brise de la Jeep.

Ç'aurait pu être la tête de Michael !

Max mit ses amis au courant de la situation.

— Pas question d'abandonner Liz aux mains de cette brute !

Des sirènes hurlaient dans le lointain.

— La police ! cria Maria. Accrochez-vous !

Elle démarra sur les chapeaux de roues et se lança à la poursuite de la Chevy, passant en quelques secondes du point mort à plus de cent kilomètres à l'heure.

Avec un peu de chance, espéra-t-elle, *la police sera trop occupée par le carambolage pour se lancer à nos trousses !*

La Jeep la talonnait. Michael avait réparé le pare-brise.

Tiens bon, Liz ! pensa-t-elle. *Nous arrivons…*

Ils rattrapèrent très vite la Chevrolet.

Les ravisseurs quittèrent la nationale, prenant une route moins fréquentée, sur leur gauche. Les motels, les fast-foods et les boutiques de souvenirs cédèrent la place au désert. Sans perdre de vue la chaussée et la décapotable, Maria se demanda où fonçaient Morton et son complice. Sans être très calée en géographie, il lui semblait qu'il n'y avait rien par là, sinon des montagnes et la partie nord des Cavernes.

Ils roulaient en direction de Las Cruces, à près de trois cents kilomètres au nord, de l'autre côté des monts Guadalupe… Pourquoi le scientifique voudrait-il y emmener Liz ?

Ils ont sans doute l'intention de se cacher dans les montagnes…, supposa Maria.

Morton se savait suivi. C'était logique puisqu'ils étaient pratiquement seuls sur la route… Il ne cessait de jeter des coups d'œil en arrière, sa casquette tenue d'une main et son arme de l'autre. Maria apercevait la tête de Liz…

D'abord la fusillade, et maintenant ça ! pensa-t-elle. *Elle doit se dire que son pire cauchemar est devenu réalité !*

— Max, ne peux-tu le tailler en pièces ? (La climatisation était à fond, et pourtant elle transpirait à grosses gouttes.) Tu n'as pas en réserve une sorte de rayon tracteur tchécoslovaque ?

— Ça n'est pas si simple ! Pas à cette vitesse… (Sa ceinture de sécurité bouclée, il se penchait entre leurs sièges, irrésistiblement attiré vers la Chevrolet…) Si Morton perd le contrôle de son véhicule, Liz pourrait y rester !

Au temps pour cette brillante idée !

Maria aurait voulu se rapprocher des fuyards, mais elle devait garder une certaine distance entre le pistolet et eux. Morton les avait déjà canardés à plusieurs reprises…

Tu ne dois pas prendre de risques !

Liz avait besoin d'elle.

Morton et son complice finiraient par être à court d'essence… ou de munitions.

S'il le faut, je les poursuivrai jusqu'à Tucson !

Une sirène de police, derrière eux, vint contrarier ses plans. Dans le rétroviseur, Maria ne vit pas de gyrophares, mais le bruit strident se rapprochait.

— Vous croyez qu'ils ont notre description ? demanda-t-elle, échangeant un regard inquiet avec Alex.

Comment sauver Liz s'ils devaient également affronter la police ?

Dommage que nous ne soyons plus dans la juridiction du shérif Valenti...

— Ne t'en fais pas pour ça. (Max s'adossa, baissa la vitre et passa un bras dehors, la paume de sa main posée sur la carrosserie.) Continue, Maria...

Il fronça les sourcils, concentré.

Que... ?

La Jetta rouge cerise devint vert métallisé... Bientôt, elle ressembla à un insecte géant.

— Ça, c'est cool ! s'exclama Alex, enthousiaste. Tu as déjà pensé à devenir trafiquant d'automobiles, Max ? Tu es très doué ! Pense un peu au pognon que tu ferais !

— J'ai également modifié l'immatriculation, ajouta Max. (Il semblait essoufflé, comme si cet effort l'avait épuisé.) Au cas où...

Maria était partagée.

— Tu pourras lui redonner son aspect d'origine, hein ? demanda Maria. Sinon, ma mère flippera...

— Conduis !

Une seule chose comptait, pour Max : sauver Liz. Il s'adossa à son siège, épuisé.

Dans le rétroviseur, Maria vit que Michael et Isabel, inspirés par le trait de génie de Max, avaient « repeint » la Jeep vert olive en noir. La jeune fille se demandait lequel de ses amis avait choisi la couleur quand elle cilla, surprise : la plaque minéralogique se transforma sous ses yeux.

Ouah ! Dyslexie automobile instantanée !

Maria aurait bien aimé savoir ce que Joe Morton pensait de la métamorphose des voitures lancées à sa poursuite…

Elle s'arracha à la contemplation de la Jeep… Le tireur regardait la Jetta, bouche bée, les yeux lui sortant de la tête.

Ha, ha ! jubila Maria, appréciant le malaise et la perplexité de leur ennemi à leur juste valeur.

Peut-être cela raviverait-il en lui la crainte de Dieu – ou des petits hommes verts…

Une lumière bleue apparut dans son rétro. Jetant un coup d'œil par-dessus son épaule, la jeune fille vit une voiture de police noir et blanc arriver à toute allure. D'instinct, elle freina pour revenir à la vitesse autorisée. Derrière elle, Isabel eut le même réflexe.

— Que fabriques-tu ? cria Max, horrifié de voir la Chevrolet bleue disparaître. Ils nous échappent !

— Tu veux être arrêté et expliquer la situation aux flics ? (Elle devait ralentir, en espérant que la police leur ficherait la paix.) Si tu as une meilleure idée, Max, je suis tout ouïe !

Max fut forcé de reconnaître qu'elle avait raison. Impuissant, il regarda le cabriolet bleu disparaître à l'horizon.

Sirène hurlante et gyrophare en action, la voiture de patrouille était tout près.

— Prenez votre air le plus innocent, dit Maria.

Une pensée terrible lui traversa l'esprit : et si Michael et Isabel avaient oublié de reprendre une tenue civile ? Il ne manquait plus qu'ils soient arrêtés déguisés en officiers de l'Air Force !

Le véhicule de police ralentit à côté de la Jetta. Un flic les dévisagea longuement.

— Ce ne sont pas les droïds que vous cherchez, marmonna Maria entre ses dents.

Nous n'allons pas tarder à savoir si le tour de Max a réussi…

Les secondes suivantes lui parurent durer une éternité. Enfin, la voiture de patrouille redémarra, se lançant à la poursuite de la Chevrolet bleue.

Maria lâcha un gros soupir de soulagement. S'habituerait-elle un jour à jouer à cache-cache avec les autorités ?

Tu as intérêt, se dit-elle, *si tu veux continuer à traîner avec Michael et la bande des incubateurs…*

Ils s'en étaient tirés… mais à quel prix ! La décapotable avait disparu… Un gémissement retentit dans son dos…

Maria se retourna et croisa le regard de Max.

Ils avaient perdu Liz.

CHAPITRE XXI

— Fusillade, enlèvement, poursuite… Je n'ai pas signé pour ça ! cria le scientifique, hystérique. Je devais conduire des tests, c'est tout ! Regarde-nous, maintenant ! Nous sommes en cavale !

— Ferme-la et accélère ! grogna Morton. (Il tira en vain sur leurs poursuivants, jurant comme un forcené.) Qui sont ces gamins, bon sang ?

Liz tressaillait à chaque coup de feu. Les imprécations de Morton étaient un véritable soulagement, puisqu'elles signifiaient que ses amis étaient sains et saufs.

Soyez prudents ! implora-t-elle, terrifiée à l'idée qu'ils soient touchés.

Il lui semblait vivre un cauchemar sans fin, commencé deux ans plus tôt au *Crashdown*… Max avait tout risqué pour la sauver.

Combien de fois Joe Morton obligera-t-il mes amis à mettre leur vie en danger pour moi ?

Une sirène hurla. Liz devait-elle se réjouir ou redouter l'intervention de la police ? Elle était victime d'un rapt… Mais elle avait de nombreux secrets à cacher aux autorités.

La réaction du conducteur fut moins ambiguë.

— Oh, Seigneur ! gémit-il. Je vais finir en prison !

(Livide, il regarda dans le rétroviseur.) Ce n'est pas possible… Je suis un scientifique, pas un criminel !

— Cesse de geindre ! cracha Morton. Appuie sur le champignon ! (Il semblait sur le point d'étrangler son complice et de prendre le volant.) Personne ne me coffrera si près du but !

Liz savait qu'il parlait de la mallette posée sur le siège, à côté du scientifique.

— Appuie sur l'accélérateur ou je te fais sauter la cervelle ! (La Chevrolet fit un bond en avant.) C'est mieux, grommela Morton. Mais que… ?

Quelque chose le troublait…

— Okada, fit-il d'une voix rauque, vise un peu derrière nous… Je suis dingue ou ces voitures changent réellement de couleur ?

Liz regarda par-dessus son épaule. La Jeep et la Jetta étaient bel et bien en train de changer de couleur…

La jeune fille se sentit plus coupable encore. Max et les autres devaient être désespérés pour utiliser ainsi leurs pouvoirs en plein jour.

— Par la vache sacrée ! s'exclama Okada, plus intrigué qu'inquiet. (Cet inexplicable phénomène piquait au vif sa curiosité scientifique.) Comment est-ce possible ?

Le changement prit quelques secondes. L'incompréhension le rendant furieux, Morton se tourna vers Liz et lui pressa le canon brûlant de son pistolet sous le menton.

— Qui sont-ils ? grogna-t-il. (Il avait collé son visage si près du sien qu'elle sentait son haleine fétide.) *Quelle créature* êtes-vous ?

La voiture de police dépassa la Jeep, puis la Jetta, épargnant à Liz de lui répondre.

— Morton ! cria Okada. Nous sommes fichus !

— On verra ça plus tard ! dit Morton à sa prisonnière. Plus vite !

La Chevrolet fila comme une fusée, laissant la Jeep et la Jetta loin derrière. Mais la voiture de patrouille se lança à leur poursuite.

— Vous, dans la Chevrolet bleue ! cria un flic dans un porte-voix. Ici la police ! (Liz entendit Okada gémir. Le scientifique n'était décidément pas taillé pour la vie de criminel.) Arrêtez-vous sur le bord de la route ! Immédiatement !

— Pas question ! rugit Morton, pistolet pointé sur le véhicule de police. Personne ne me prendra la marchandise !

Deux coups de feu claquèrent. Les policiers avaient dû s'aventurer plus près des fuyards que la Jeep et la Jetta. La première balle perfora le capot de leur voiture, la seconde fit éclater le pneu avant droit. Morton gloussa quand leurs poursuivants quittèrent la route.

— Bien fait pour eux !

Liz croisa les doigts. Pourvu que les policiers soient indemnes ! Elle espéra les voir sortir du véhicule, mais les tourbillons de sable l'en empêchèrent.

La Chevrolet s'éloigna des lieux de l'accident, Okada gémissant comme un damné.

Liz eut beau chercher, elle ne vit aucune trace de la Jeep ou de la Jetta. La police les avait-elle fait fuir ?

Elle avait cruellement conscience du dilemme de ses amis.

Je suis seule, désormais…, comprit-elle, pétrifiée.

La cavalerie ne viendrait plus à la rescousse. Elle était seule, à la merci de son meurtrier…

Qui me ressuscitera, cette fois… ?

Poussé par la volonté d'échapper aux autorités, Okada garda le pied au plancher jusqu'à ce que les contreforts des monts Guadalupe se profilent à l'horizon.

— Je n'y crois pas ! Ce n'est pas possible ! répétait-il inlassablement.

Sa *carrière* scientifique l'avait amené à tirer sur des représentants de la loi ! Liz aurait presque eu pitié de lui, si sa propre vie n'avait tenu qu'à un fil…

— J'ai bien réfléchi, Morton. Il faut nous rendre avant que quelqu'un soit tué. (Il ralentit, résolu à convaincre son partenaire.) Tout ça est allé beaucoup trop loin ! Tester un métal volé aux Fédéraux, ça d'accord… Mais prendre un otage, tirer sur la police… je n'ai jamais signé pour ça !

— Pas question ! cria Morton. Personne ne se rend ! (Il jeta un regard assassin à Liz.) Je me charge de la fille.

— Je suis sérieux, Morton. Tu nous conduis tout droit dans le mur ! Je suis docteur en physique, pas *desperado* ! Ma vie vaut mieux que ça !

— Maudit… ! (Morton fit mine de bondir, mais se retint de laisser libre cours à sa fureur. Il inspira profondément, posant un regard calculateur sur son complice.) D'accord… Arrête-toi sur le bas-côté, qu'on en discute.

Liz n'aimait pas ça, mais elle se garda de le dire. S'il y avait une chance qu'Okada convainque Morton de la libérer, elle la saisirait.

Hélas, c'était improbable.

Je refuse de m'interposer entre deux hommes désespérés, surtout si l'un d'eux est armé…

Okada obéit.

— Il était temps que tu te montres raisonnable ! fit-il. Pas question de laisser tout ça finir dans un bain de sang !

— Si tu le dis…, grogna Morton. (Il plaqua Liz à son siège.) Si je te vois remuer un cil… !

Il sortit de la voiture, ouvrit la portière d'Okada et cria :

— Descends !

— Quoi ? Je ne comprends pas… (L'Asiatique répugnait à laisser le volant à son complice. Sa pomme d'Adam montait et descendait comme un yo-yo.) Je croyais que nous devions discuter…

— J'ai dit : descends !

Il arracha ses lunettes au scientifique et les jeta par terre. Liz l'entendit écraser les verres et la monture sous le talon de sa botte.

— On ne discute plus ! (Il saisit Okada par le bras et le tira hors de la Chevrolet, avant de le mettre en joue.) Je n'ai plus besoin de tes services, professeur.

— Attends ! cria Okada, les mains levées. (En reculant, il trébucha sur un cactus.) Nous pouvons encore nous entendre…

Liz aurait dû détourner les yeux… Un coup de feu mit fin à la carrière d'Okada, qui s'écroula au milieu des cactus. Morton flanqua un coup de pied au cadavre, l'envoyant rouler dans le fossé.

— Et maintenant, *docteur*, à combien estimes-tu ta vie ? fit-il, méprisant.

— Vous… l'avez tué…, dit Liz.

L'exécution avait failli la ramener à la fusillade du *Crashdown*.

Elle se plaqua les mains sur le ventre… Au prix d'un effort surhumain, elle réussit à s'ancrer au présent.

Je dois absolument garder mon sang-froid !

Ses chances lui semblaient bien minces… Morton n'aurait pas abattu Okada sous ses yeux s'il avait eu l'intention de lui laisser la vie sauve…

L'homme voulait des réponses à ses questions. Ensuite…

Il valait mieux le lui rappeler, au cas où il songerait à se débarrasser d'elle dans la foulée.

— Mes amis sont à ma recherche… Et vous avez vu de quoi ils étaient capables… (Parler des pouvoirs des hybrides, à un tel criminel, lui faisait un drôle d'effet…) Vous devriez y réfléchir à deux fois avant de les mettre en rogne…

Etait-ce de la peur qu'elle lut, dans les yeux injectés de sang de Morton ?

— Il vaut mieux éviter de *me* mettre en colère !

Il remplaça le chargeur de son pistolet et regagna le véhicule. Avant qu'il n'ait pu s'asseoir au volant, une sirène rugit dans le lointain.

La même voiture ou des renforts ?

Dans l'intérêt de ses amis, elle espérait qu'ils avaient adopté profil bas.

— Bon sang ! jura Morton. (Il lorgna la Chevy, conscient qu'elle pouvait le trahir.) Il n'y avait presque plus d'essence, de toute façon…, marmonna-t-il en se penchant pour récupérer l'attaché-case, puis un sac en toile, sous la boîte à gants. Prends ça.

Liz attrapa le sac. C'était celui qu'Alex avait donné à Isabel et à Michael.

Le bandit se tourna vers les contreforts.

— En route pour une petite balade…

CHAPITRE XXII

La grotte était sombre, même si l'ouverture, à six ou sept mètres de là, laissait entrer un peu de lumière. Morton attacha les mains de Liz avec du fil électrique.

— Ça devrait faire l'affaire… Un conseil : tiens-toi tranquille. Je t'ai à l'œil.

Ils avaient fait environ quatre kilomètres dans les collines avant de tomber sur cette cachette.

Ce doit être une des grottes inexplorées mentionnées dans le livre que j'ai acheté…

Hélas, aucun guide ne passerait par là.

Morton se rapprocha de l'entrée pour composer un numéro sur son portable, tout en grommelant entre ses dents.

— Il a intérêt à être là !

Liz se demanda qui il appelait.

— Ramirez ! beugla le malfrat. C'est Morton. A quoi pensiez-vous en m'envoyant vos deux clowns de l'Air Force ? (…) Ne jouez pas au plus fin avec moi ! Ils m'ont dit qu'ils travaillaient avec vous et détenaient des preuves. (…) Oui, d'autres vestiges du Crash de 47 : un casque et une sorte de rosace. (…) Comment ça, vous n'avez jamais entendu parler de ces objets ? Je les ai vus fonctionner !

Il parlait des « artefacts » créés par Michael, Isabel

et Max au *Days Inn*. Liz jeta un coup d'œil au sac en toile posé contre la mallette. Il devait contenir ces objets, sinon pourquoi Morton s'en serait-il encombré ? Bien sûr, ils ne lui seraient d'aucune utilité. Que faire d'un bonnet de bain et d'une patère en cuivre… ?

Après quelques minutes, Ramirez réussit à convaincre Morton de son innocence.

— D'accord, d'accord… Mais il y a du louche là-dessous et je n'aime pas ça ! (Il gratta sa joue mal rasée.) Bon…, continua-t-il en crachant son jus de chique. Voilà ce qu'on va faire. Venez me retrouver. Vous m'emmènerez au Mexique. En échange, vous aurez le reste de votre argent. Ecoutez…

Il expliqua où il était et donna son numéro, au cas où. Pas une fois il ne mentionna Liz… Décidément, elle était en mauvaise posture…

Je dois lui donner une raison de me garder en vie !

— Faites vite, conclut Morton. Personne ne me retrouvera ici, mais plus vite j'aurai quitté le pays, mieux ce sera… pour vous comme pour moi.

Il raccrocha et rangea le téléphone dans la poche arrière de son pantalon.

— A nous deux, la rouquine ! (Il se frotta les mains.) Nous avons deux heures à tuer et j'ai des tas de questions à poser. Tu as intérêt à coopérer, sinon les choses pourraient se gâter.

C'est ça, pensa Liz. *Comme si tu avais l'intention de m'épargner, salopard…*

Son unique chance ? Jouer les Shéhérazade et tenir Morton en haleine.

Dis-toi que c'est un défi, un truc pour t'empêcher de flipper.

La peur était toujours là, prête à la transformer de nouveau en victime. Mais elle tenait bon…

Peut-être fallait-il que je sois confrontée à la même menace pour que ma mémoire cesse enfin de me jouer des tours... Ç'aurait pu être drôle, si ça n'avait pas été si dramatique. *Alex voulait que j'affronte mes peurs. Le destin l'a pris au mot... littéralement !*

— Que... voulez-vous savoir ? demanda-t-elle, tremblant malgré elle.

Morton lui faisait l'effet d'un ogre de conte de fées.

— Qui es-tu ? Tes cheveux sont différents, mais je t'ai déjà vue... (Il se caressa le menton, pensif, puis écarta les mèches rousses de la jeune fille, qui frémit quand ses phalanges calleuses lui effleurèrent la joue.) Ouais, j'y suis ! C'était dans ce restau minable, à Roswell... Tu es la fille sur qui j'ai tiré !

Liz décida de jouer l'innocente.

— Un restau ? A Roswell ? De quoi parlez-vous ? (*Isabel saurait le manipuler*, pensa-t-elle tristement. Mais elle en était réduite à jouer les idiotes.) Croyez-moi, si on m'avait tiré dessus, je m'en souviendrais !

— Non... Je me souviens de toi, maintenant... Je t'ai canardée par erreur, en me battant avec l'autre abruti. Selon les journaux, tu n'as pas été touchée, mais je *sais* que c'est faux... !

Il ouvrit le chemisier de Liz, probablement pour dévoiler la cicatrice qui confirmerait ses soupçons. Et découvrit l'empreinte de main... Dans la pénombre, la lueur argentée en devenait plus irréelle encore.

— Que... ?

La goutte d'eau qui fit déborder le vase... Le malfrat aux yeux exorbités bondit en arrière.

— C'est quoi ? beugla-t-il en brandissant son arme. Qu'est-ce que ça signifie ?

Suivant nerveusement des yeux le canon du pistolet, Liz tenta de le calmer.

— Un tatouage, rien d'autre ! (Elle se tortilla pour que le chemisier ouvert lui couvre de nouveau le ventre.) Nous en avons tous un !

— Foutaises ! brailla Morton, sa voix résonnant dans la grotte.

A la lueur mauvaise qui brillait dans son regard, Liz sut que le fou de la gâchette était sur le point de perdre son contrôle.

— C'était quoi, la lumière qu'a jetée ton petit copain, au motel ? Et comment tes amis ont-ils pu changer la couleur de leurs tires ?

Il faisait les cent pas, vociférant comme un aliéné.

— Car ce sont tes amis, non ? Le type dans la chambre… Les deux « officiers », chez *Denny* ? La fille dans mes rêves… (Il se tut soudain… Jetant sa casquette dans la poussière, il se gratta le crâne.) Vous voulez me rendre dingue, c'est ça ?

— Non ! (Liz leva vers lui un regard brillant de sincérité.) Nous sommes une simple bande de jeunes.

— Ben voyons ! (Morton ouvrit le sac et en sortit la rosace et le bonnet.) Alors, comment expliquez-vous ça ?

Il tapota la rosace de l'index. Bien sûr, rien ne se produisit.

— Hein ? fit-il, abasourdi.

Il déchira le « casque » et voulut rassembler les morceaux. En vain. Comment aurait-il pu deviner qu'il était victime de « tours » extraterrestres ?

Il jeta les objets sur les genoux de sa prisonnière.

— Pourquoi ne fonctionnent-ils pas ?

— Je l'ignore… (Morton apprécierait-il d'entendre que ses précieuses acquisitions étaient de vulgaires pièges ?) Peut-être sont-ils endommagés ?

— Répare-les ! ordonna-t-il.

Il posa le canon de son arme entre les yeux de Liz.

Max pourra-t-il me sauver si je prends une balle dans la tête ?

— Je ne peux pas. Mes mains… (Morton hésitant, elle ajouta :) De toute façon, la réparation n'est pas… mon domaine.

Le malfrat la regarda, médusé.

— Alors, tu *es* l'une d'entre Eux…, murmura-t-il. J'ai toujours su que vous étiez là – sinon, d'où serait venue la marchandise ? Mais de là à tomber sur l'un de vous… (Il essuya la sueur qui perlait à son front.) J'essayais juste de me faire un peu de fric, tu sais…

Il tournait prudemment autour d'elle, sans s'aventurer trop près.

Ça serait drôle… si ça n'était pas si dangereux.

Prétendre être une extraterrestre pouvait se révéler risqué, mais si ça empêchait Morton de la liquider…

— C'est ta véritable forme ? demanda-t-il.

Il ne pointait plus son arme sur elle.

— Pour le moment…

— Ben ça alors ! C'est incroyable ! (Il la lorgna comme s'il lui avait soudain poussé des tentacules…) Et d'où viens-tu ?

Liz leva les yeux au ciel, imitant Max le jour où il lui avait avoué la vérité… Restait à espérer que ce geste n'était pas prophétique et qu'elle n'irait pas bientôt tenir compagnie aux anges…

Gobe-t-il tout ça ? D'ailleurs, est-ce bien ce que je veux… ?

— Seigneur ! Moi qui ai vu tout ça, j'ai encore du mal à en croire mes yeux !

Il devait parler du champ de forces, de la cicatrice disparue, de l'empreinte et des voitures-caméléons… pas de ses tentacules inexistants…

Il n'était tout de même pas fou *à ce point* ?

— Il ne faut rien dire à personne ! supplia-t-elle, imitant de nouveau Max, Michael et Isabel. Nous sommes venus en paix ! Nous ne voulons de mal à personne !

J'en fais trop ? Peut-être devrais-je me contenter d'éluder ses questions...

— Ne rien dire à personne ? répéta Morton en s'esclaffant. Je n'arrive pas à me décider : te tuer sur-le-champ... ou te vendre au plus offrant ? (Il recommença à faire les cent pas, réfléchissant au sort à réserver à l'« extraterrestre » capturée.) Si ces morceaux de soucoupe valent deux millions de dollars, combien me donnerait-on pour une extraterrestre vivante ?

L'avidité lui avait fait oublier sa terreur... Morton évalua Liz comme si elle était un objet de contrebande...

La jeune fille conclut que sa situation s'était améliorée... pour un temps.

Je dois m'échapper avant qu'il n'évente ma ruse !

Les profondeurs ténébreuses de la grotte... Y trouverait-elle refuge ? Si Morton la quittait des yeux une minute...

— Ecoute... (Il s'assit sur un rocher, entre Liz et la sortie.) J'ai pris ma décision. Tu vaux ton pesant d'or, petit monstre de l'espace ! Alors voilà... J'ai des contacts au Mexique qui seraient prêts à payer une petite fortune pour t'examiner. Tu passeras la frontière avec moi.

Jouant avec son arme, il devint menaçant.

— Une extraterrestre vaut sans doute plus vivante que morte, mais je n'hésiterai pas à me contenter du minimum si tu me crées des problèmes, compris ?

Liz se contenta de hocher la tête, craignant que sa

voix ne la trahisse. Elle s'était gagné un sursis de quelques heures.

— Bien…

Il se détendit.

Installé plus confortablement pour attendre Ramirez, il étudia longuement Liz.

— Tu as un nom ?

Liz pensa à l'extraterrestre la plus terrifiante de sa connaissance.

— Tess… Les miens m'appellent Tess.

CHAPITRE XXIII

— Nous avons un petit problème de voiture, maman, nous rentrerons plus tard que prévu, annonça Max au téléphone. Non, rien de sérieux… Merci, mais il est inutile d'envoyer papa nous chercher. Ne t'inquiète pas, nous serons rentrés à temps pour les cours demain.

Du moins, je l'espère…

Jusqu'au sauvetage de Liz, rien d'autre ne compterait… Ses parents adoptifs ne savaient rien de leurs origines extraterrestres et ignoraient tout des dangers qui les menaçaient… Devant l'air misérable de sa sœur, Max écourta la conversation. Elle détestait leur mentir.

Ils étaient dans une pizzeria, à la périphérie de Carlsbad. Le *Caverns of Cheese*, un autre piège à touristes, était décoré de formations rocheuses en carton-pâte et de stalactites en papier alu. Des chauves-souris en plastique pendaient au plafond. Bref, la version « Cavernes de Carlsbad » du *Crashdown Café*.

Mais Max n'était pas d'humeur à apprécier le décor.

— Voilà qui est fait… Ça ne nous rapproche pas de Liz. (Il se sentait responsable de son enlèvement :

c'était son plan qui leur avait explosé à la figure.) Je n'arrive pas encore à le croire…

— Moi non plus, renchérit Maria. (L'odeur du romarin se mêlait à celle de la pizza posée entre eux.) Je ne comprends pas. Pourquoi Morton avait-il débranché son téléphone ?

Assis à côté d'elle, une part de pizza dégoulinant de fromage à la main, Michael émit une hypothèse.

— Quand j'ai appelé, il a flippé, disant que la ligne n'était pas sûre… Par peur d'être sur écoute, il aura tout débranché.

Logique, pensa Max.

Non que ça ait une quelconque importance. Où Morton avait-il pu emmener sa victime – à supposer qu'elle soit toujours en vie ?

Non ! Elle ne peut pas être morte ! S'il lui était arrivé malheur, je le saurais !

Alex revint. Il était sorti passer un coup de fil dehors.

— J'ai réussi à joindre Valenti, annonça-t-il. L'alerte a été donnée à toutes les patrouilles, qui traquent toujours en vain le tireur anonyme de chez *Denny*. En revanche, on a retrouvé la Chevrolet de Morton abandonnée sur le bas-côté de la route, au nord du site de Carlsbad. Dans le fossé gisait le cadavre de son complice : le docteur Wilson Okada, de l'Université de Las Cruces.

Maria lâcha un petit cri. Isabel, qui avait eu un aperçu de la nature sanguinaire de Morton, fut nettement moins surprise.

— La bonne nouvelle, continua Alex, c'est qu'on n'a pas trouvé le corps de Liz. En fait, les flics ignorent qu'il y a eu un rapt. Faut-il y voir une bonne chose ? (Il se rassit à côté d'Isabel et prit une part de pizza.) Valenti ne peut pas faire grand-chose pour le moment, mais il a promis de rester en alerte. Si la police locale lâche une information, il nous la transmettra.

— Merci, dit Max.

Malgré ces nouvelles guère réjouissantes, il appréciait les efforts d'Alex.

Si la police n'arrive pas à mettre la main sur Morton, quelle chance aurons-nous d'y parvenir ?

Comme par hasard, deux policiers en uniforme entrèrent dans la pizzeria. Les cinq jeunes gens échangèrent des regards nerveux. Aucun n'avait envie d'être interrogé sur les événements de chez *Denny* ou du *Motel 6.*

Comment nous ont-ils retrouvés ? s'inquiéta Max, s'efforçant de paraître décontracté. *Nous avons changé la couleur et les plaques de nos voitures !*

Il se força à mordre dans sa pizza comme n'importe quel jeune affamé de son âge – sans quitter les flics du coin de l'œil. Puis il fit l'inventaire des issues possibles, au cas où. Sa main libre glissée dans sa poche, il empoigna son trousseau de clés.

Les policiers se contentèrent d'approcher du comptoir pour commander deux parts de pizza à emporter. Ils n'accordèrent aucune attention aux jeunes gens.

Fausse alerte, se dit Max.

Ses « complices » étaient arrivés à la même conclusion que lui. Mais pas un ne baissa sa garde avant que les deux représentants de la loi ne soient sortis.

— Ouf ! fit Maria, le porte-parole du groupe. Je me suis soudain sentie dans la peau du Criminel le Plus Recherché du Pays.

— Je révisais mes droits, renchérit Alex. Surtout celui de pouvoir garder le silence…

Michael et Isabel ne firent aucun commentaire, comme Max.

Sans doute parce que nous sommes des fugitifs depuis toujours…

Mais son soulagement fut vite remplacé par la peur et la culpabilité qui le rongeaient.

— J'aurais dû tuer Morton quand j'en ai eu l'occasion ! (Il ne cessait de repenser à cet instant, dans la chambre 19, où il l'avait tenu à sa merci.) J'aurais dû le réduire en cendres !

— Ne dis pas ça, Max…, fit Michael. Ça ne te ressemble pas.

Max sentit la moutarde lui monter au nez.

S'il n'avait pas semé tous ces doutes dans ma tête, pensa-t-il, *je n'aurais pas hésité au pire moment !*

Mais il se maîtrisa. Pas question de blâmer Michael ou qui que ce soit d'autre de ses échecs.

— C'est ma faute, insista-t-il. Si j'avais frappé le premier, Liz serait hors de danger !

— Peut-être, concéda Michael, mais ça n'est pas si simple. (Il riva sur son ami un regard perçant.) Quel est le pire, Maxwell, réfléchir avant de tuer quelqu'un ou tirer plus vite que son ombre ?

Max fut incapable de répondre.

Isabel brisa le silence.

— Il nous reste une piste, rappela-t-elle en sortant un billet froissé de son sac. Le numéro de téléphone du lieutenant David Ramirez…

Le regard de Max s'éclaira.

— A quoi penses-tu ?

— A appeler notre ami Ramirez pour tenter de le ramener sur la bonne voie… Il hait Morton ! S'il apprend qu'il a enlevé une fille innocente, il aura peut-être le bon réflexe !

C'était risqué, mais ils étaient sérieusement à court d'options.

Il ne faudra pas en dire plus que nécessaire à Ramirez…

Max étudia la proposition d'Isabel sous tous les angles. Il n'avait jamais semblé si confiant, ce qui mit du baume au cœur de la jeune fille.

— Ça peut marcher, décida-t-il. A en juger par ce que Michael et moi avons vu au Canyon du Massacre, Ramirez a été entraîné de force dans cette affaire… Morton le fait chanter. (Il tendit le téléphone portable à sa sœur.) Espérons qu'il refusera d'avoir un enlèvement sur la conscience.

Isabel prit le téléphone et inspira profondément, pour se donner du courage.

— Vas-y, dit Maria. Si ça marche, je ne me moquerai plus jamais de tes talents de séductrice venus d'ailleurs, c'est promis !

— Comme si tes railleries pouvaient m'affecter ! répliqua Isabel.

Mais ça lui avait redonné confiance en elle. Elle composa le numéro et porta le téléphone à son oreille.

— Prends-en de la graine, Maria…

Le lieutenant décrocha rapidement.

— Allô ? Qui est à l'appareil ?

Il semblait très tendu.

L'apparition de Max et de Michael au rendez-vous a dû lui flanquer une telle frousse qu'il n'en a pas dormi de la nuit…

— Salut, David ! répondit-elle gaiement. C'est Isabel… (Elle se rappela le nom qu'elle lui avait donné)… Isabel DeLuca.

Maria lui jeta un regard noir.

— Oh, oui… Merci d'appeler, ma belle, mais, hum… ce n'est pas le moment rêvé. Peut-être plus tard.

Isabel s'empressa d'entrer dans le vif du sujet.

— C'est pour ça que j'appelle, David. J'ai peur de n'avoir pas été très honnête avec vous, hier… (Elle se mordilla les lèvres.) Voyez-vous, je sais tout de votre petit… arrangement… avec Joe Morton.

Un silence de mort accueillit sa déclaration.

— David ? Vous êtes toujours là ? (Elle crut qu'il avait lâché le téléphone et s'était enfui… Mais elle entendit sa respiration oppressée.) David ? Dites quelque chose !

— Qui êtes-vous ? murmura l'homme d'une voix brisée.

Une pâle imitation de celle, grave et masculine, qu'il avait la veille, près du Puits Sans Fond… Il n'avait plus rien du pilote d'essai un peu trop sûr de sa supériorité. Ce n'était plus qu'un homme au bord de la crise de nerfs…

— Pour l'amour de Dieu, qui êtes-vous ?

— Ça n'a aucune importance. (Elle s'apitoierait plus tard sur le sort du type.) Morton a enlevé une de mes amies. Une innocente jeune fille. Sa vie est en danger !

— Quoi ? fit Ramirez. De quoi parlez-vous ? Je viens de lui parler au téléphone et il n'a mentionné aucune fille !

Isabel en eut le cœur serré. Ramirez, en contact avec Morton ? Peut-être savait-il où il se planquait…

— David, Morton a bel et bien enlevé notre amie il y a quelques heures. Si vous savez où il est, vous devez nous le dire !

— Je ne comprends pas… Qui êtes-vous ? Comment connaissez-vous tout ça ? Qui vous l'a dit ?

Vous êtes du FBI ? De la CIA ? (Elle l'imagina en train de blêmir.) Oh, Dieu, vous faites partie des Unités Spéciales !

A côté de la plaque…

— Je n'ai rien contre vous, David. Nous voulons seulement sauver notre amie.

— Nous ? répéta Ramirez. Qui ça, « nous » ? (Il criait si fort qu'Isabel dut éloigner le combiné de son oreille.) Laissez-moi tranquille ! Pour l'amour de Dieu !

Il raccrocha.

— David ?

Trop tard.

Isabel le rappela. Sans succès.

Elle insista. Puis dut baisser les bras. Il ne répondrait plus.

— Il sait où est Morton, mais il refuse de décrocher. Navrée, Max… J'ai dû l'effrayer.

— Tu as fait de ton mieux. Il trempe dans la contrebande de matériel top secret, n'oublie pas. A ce stade, toute possibilité d'être démasqué le rend dingue.

Max réfléchit à une nouvelle stratégie, tel un général… ou un roi.

— Il y a peut-être un autre moyen. Isabel, je sais que c'est beaucoup te demander, mais pourrais-tu contacter le lieutenant d'esprit à esprit ?

— Je l'ignore. En général, je n'arrive pas à m'infiltrer dans les pensées de quelqu'un à moins qu'il ne soit endormi. Et je doute que Ramirez compte piquer un somme… Je parie qu'il ne dort plus beaucoup.

Qui l'en blâmerait ? (Elle n'aurait pas apprécié non plus qu'un sociopathe comme Joe Morton soit maître de son destin.) *Aurais-je dû parler à Ramirez du meurtre d'Okada ? Ou cela l'aurait-il paniqué davantage ?*

— Je comprends..., lâcha Max.

Isabel n'approuvait pas entièrement sa relation risquée avec Liz Parker, mais elle savait tout ce que la jeune fille représentait pour lui.

— Je te demande seulement d'essayer, Iz. La vie de Liz est en jeu.

Isabel prit le morceau de papier du lieutenant. D'habitude, elle préférait avoir une photo du « sujet »... Elle se servirait de ce billet comme d'un « marchepied » pour atteindre l'inconscient du pilote.

— Je ne promets rien, rappela-t-elle.

A nous deux, David Ramirez, pensa-t-elle. *Me voilà !*

CHAPITRE XXIV

Repérer la grotte prit plus de temps que prévu à Ramirez. Plusieurs appels plus tard, quand il arriva enfin, Morton était très irritable. Les mains liées dans le dos, Liz ne put pas consulter sa montre, mais elle estima qu'il était environ quinze heures. Son estomac gargouillait tristement, lui rappelant qu'elle n'avait rien eu depuis le petit déjeuner.

Et c'est le cadet de mes soucis…

Combien de temps son kidnappeur la prendrait-il pour une extraterrestre ?

Les gargouillis de son estomac la trahiraient-ils, ou Morton penserait-il que les extraterrestres pouvaient également avoir faim ?

— Qu'est-ce que vous foutiez ? brailla Morton dès que Ramirez entra, une torche à la main. Ça fait des heures que j'attends dans ce trou !

— Ce n'est pas ma faute !

L'officier correspondait à la description d'Isabel et de Max, mais en plus échevelé… agité. La sueur dégoulinait sur son visage bronzé, détrempant sa chemise bleu marine à manches courtes.

— Des patrouilles de police sillonnent toutes les routes ! On m'a arrêté et interrogé trois fois – *trois fois !* – avant que je déniche un endroit où laisser ma voiture !

Le faisceau de sa lampe tomba sur Liz. Un muscle de sa joue tressauta ; il ouvrit des yeux ronds comme des soucoupes.

— Mon Dieu ! s'écria-t-il. C'était donc vrai ! Vous avez enlevé une jeune fille ! (Il se tourna et braqua sa lampe dans les yeux de Morton.) Bon sang, vous avez kidnappé une gamine !

— Non, dit le malfrat. J'ai capturé une *extraterrestre*. (Il avança vers le pilote, soudain soupçonneux.) Qui vous a dit que j'avais la fille ? La police ? Les médias ?

Mais le lieutenant ne l'écoutait plus.

— Une extraterrestre ? Vous avez perdu la tête ? (Il orienta de nouveau le faisceau vers Liz, s'assura qu'elle semblait parfaitement humaine et se lança dans un flot d'invectives :) Espèce de malade ! Psychotique sanguinaire ! Vous êtes fou à lier !

Dans son coin, Liz vit une chance à saisir dans cette confrontation.

Si Ramirez parvient à distraire assez Morton, ce sera le moment ou jamais de filer !

Elle sonda les profondeurs obscures de la grotte et... le courage lui manqua.

Ramirez promena le faisceau de sa lampe autour de lui.

— Où est mon argent ? demanda-t-il. Vous avez promis de me donner le reste !

Ses yeux tombant sur le sac à dos, il s'en empara.

Vide !

— Où est-il ? cria-t-il à Morton. Où est mon flouze, fils de chienne ?

Le tueur irascible saisit la crosse du pistolet passé sous sa ceinture.

— Plus tard ! aboya-t-il. Parlez-moi des patrouilles. Que sait-on au sujet de la fille ?

Bonne question..., pensa Liz.

Elle étira discrètement ses muscles, rétablissant la circulation dans ses jambes engourdies. Son corps tendu comme un arc était prêt à s'élancer.

— Il n'y a pas de « plus tard » qui tienne ! beugla Ramirez. J'en ai assez ! (Il flanqua un coup de pied dans la mallette, l'envoyant valser à quelques centimètres des mains attachées de Liz.) Je veux mon argent ! Maintenant !

— Désolé, mon gars. Je ne l'ai pas avec moi. Faudra attendre que nous soyons au Mexique.

— Soyez maudit ! (Il se jeta sur Morton, le plaquant à la paroi de la grotte.) Espèce de monstre ! Vous avez gâché ma vie !

C'était le moment ou jamais de fuir... Liz bondit et lutta pour garder l'équilibre. Prise d'une impulsion subite, elle fléchit les genoux pour attraper la poignée de la mallette.

L'attaché-case lui cognait contre les jambes mais elle refusait d'abandonner son précieux contenu à Morton.

Ces secrets appartiennent à Max ! se répéta-t-elle avec une détermination farouche. *A personne d'autre !*

L'obscurité l'engloutit. Le peu de lumière qui pénétrait dans la grotte ne lui fut bientôt plus d'aucun secours. Pourtant, à son grand étonnement, Liz s'avisa qu'elle voyait où elle allait. Une lueur argentée guidait ses pas... Baissant les yeux, elle vit l'empreinte briller sur son ventre découvert.

Merci, Max !

En un sens, il venait encore de lui sauver la vie.

Un coup de feu retentit… Elle entendit un cri de douleur, puis un objet métallique – la lampe torche ? – tomber, suivi du bruit sourd de la chute d'un corps… Liz espéra que Morton venait d'être abattu par son propre pistolet ou que le lieutenant avait également apporté une arme… Des espoirs vite déçus.

Une voix familière – et belliqueuse – cria :

— Reviens, garce d'extraterrestre ! Ou je te tue !

Pas question !

Elle préférait tenter sa chance dans les profondeurs de la terre, au risque de se perdre…

… Comme Becky Thatcher dans Les Aventures de Tom Sawyer !

Sauf que Joe Morton était plus dangereux que Joe l'Indien.

Entendant des pas se rapprocher, Liz s'enfonça dans les entrailles de la terre. Elle s'engagea dans un tunnel étroit, s'en remettant à sa bonne étoile – et à la lueur émise par l'empreinte – pour éviter de tomber sur une formation rocheuse… ou au fond d'un gouffre.

— Tu ne m'échapperas pas, espèce de monstre ! brailla Morton. Tu es morte, tu m'entends ? Cette fois, je ne te raterai pas !

C'est bien ce qui me fait peur…

CHAPITRE XXV

Où êtes-vous, David Ramirez ? Pourquoi ne puis-je pas vous contacter ?

Les yeux clos, Isabel s'efforçait de faire abstraction des sons et des odeurs qui l'assaillaient. Elle froissa frénétiquement le morceau de papier. Son esprit se lança à la recherche de l'homme qui détenait des informations vitales.

Elle s'arrêta à la « porte » de la psyché du lieutenant.

Je suis là, David. Laissez-moi entrer.

— Tu as quelque chose ? demanda Maria, brisant la concentration d'Isabel.

Qui lui jeta un regard assassin.

Tassée sur son siège, Maria leva les mains.

— D'accord, j'ai compris ! s'excusa-t-elle – en quelque sorte. Désolée de m'inquiéter !

Dehors, le soleil brillait, mais le temps leur était compté s'ils voulaient arracher Liz des griffes de Morton… Des deux pizzas pepperoni et tabasco, il restait les croûtes. Ses amis commandaient en continu, un en-cas par-ci, un dessert par-là, histoire de ne pas devoir quitter leur base d'opérations.

— Je n'y arrive pas, Max ! avoua Isabel. Il est réveillé… C'est comme si son conscient formait un mur autour de son essence… Impossible de m'y faufiler ! Je dois ronger mon frein, guetter une faille…

Elle consulta sa montre et soupira : pas tout à fait quinze heures trente… Seules les chauves-souris dormaient dans la journée.

— Il n'est pas près d'aller se coucher !

Alex posa le portable.

— Je n'arrête pas de faire son numéro… Sans succès. Ou il n'est pas chez lui, ou il refuse de décrocher.

— Génial, grommela Michael. Pour autant que nous sachions, la sonnerie le tient peut-être éveillé ! Isabel a raison, Max. Ça ne nous mènera nulle part. Partons à la recherche de Morton !

— Que suggères-tu, Michael ? Parcourir toutes les routes entre ici et le Rio Grande ? Nous ignorons quel genre de voiture il conduit, et même s'il en a une. Pour autant que nous sachions, il se terre peut-être dans les parages.

Isabel n'avait plus vu son frère dans un tel état depuis qu'il avait soupçonné Liz de le tromper avec Kyle.

— S'il te plaît, Iz ! la supplia-t-il. Essaie une dernière fois.

Si ça peut l'aider à se sentir mieux…

— D'accord.

Elle baissa les yeux sur le bout de papier froissé.

Le *Caverns of Cheese* disparut alors qu'elle entrait en transe.

Une dernière fois. Pour Max…

Le sol était humide et froid. Le lieutenant David Ramirez baignait dans une mare de sang, incapable de bouger. La balle de Morton lui avait troué la poitrine avant de lui briser la colonne vertébrale… Il ne sentait plus son corps – une bénédiction. Le froid l'engourdissait et la tête lui tournait.

Il se savait à l'article de la mort, sans personne pour entendre sa confession.

Ainsi tout s'achève..., pensa-t-il.

Dire qu'hier encore, il avait un avenir… S'il n'avait jamais entendu parler de Roswell, des extraterrestres et de leur technologie…

Au moins, ça économisera à l'armée les frais d'une cour martiale…

Ses paupières étaient lourdes, lourdes…

C'est aussi bien ainsi, décida-t-il. *Adieu, monde cruel ! C'est peut-être mieux que d'être cassé et chassé de l'armée pour conduite déshonorante…*

Alors qu'il allait sombrer, une voix retentit dans son esprit…

David ? Est-ce vous, David ?

Le mur tomba. Isabel s'infiltra dans la conscience de Ramirez et s'avisa aussitôt qu'il ne s'agissait pas d'un rêve ordinaire. Les couleurs semblaient étranges, monochromatiques par endroits et criardes à d'autres…

Que se passe-t-il ? Où suis-je ?

Il lui fallut quelques instants pour reconnaître son environnement. Puis elle vit une grotte, moins grandiose que les Cavernes de Carlsbad, un peu dans le genre de celle où elle était née… Les parois de calcaire étaient en noir et blanc, comme dans un vieux film, mais la lumière du soleil, d'un jaune plus vif que celui des jonquilles, éclairait l'ensemble.

Un gémissement attira son attention. Ramirez gisait sur le sol, la poitrine trouée… Le pilote aussi était en noir et blanc, mais on avait colorisé son sang : une flaque rouge vif grandissait sous lui.

Portant les mains à sa bouche, Isabel fit un bond en arrière.

Oh, mon Dieu !

Ramirez ne rêvait pas, il était en train de mourir ! Morton lui avait tiré dessus…

Où était Liz ? Isabel la chercha du regard, mais ne la vit nulle part. Le vieux sac à dos d'Alex était abandonné dans un coin.

Où Morton avait-il traîné Liz après avoir mortellement blessé le pilote ?

Il faut que je me dépêche !

Pas seulement dans l'intérêt de Liz.

Parfois, elle s'était demandé ce que ça ferait de s'infiltrer dans l'esprit d'un mourant…

Maintenant, elle allait le savoir.

Mais il y avait plus terrifiant : si elle voulait apprendre quelque chose, elle devrait s'enfoncer hardiment dans la conscience de Ramirez.

A ses risques et périls…

Que se passera-t-il si je m'attarde ? s'inquiéta-t-elle. *M'entraînera-t-il avec lui dans la mort ?*

David ? David !

Les paupières du pilote frémirent mais restèrent closes. Son pouls faiblissait.

Elle s'agenouilla dans la mare de sang pour lui prendre la tête à pleines mains.

David, parlez-moi !

Aucune réaction… Etait-il trop tard ? Du coin de l'œil, elle vit des ombres se rapprocher, menaçant de souffler la dernière étincelle de vie du pilote.

Soudain, il rouvrit les yeux et croisa les siens.

Isabel ?

Elle plongea son regard dans ses iris bruns, les portes de son âme… et se retrouva instantanément dans sa tête. Elle vit la voûte de la grotte à travers ses yeux. L'obscurité envahissait son champ de vision, mais elle obtint ce qu'elle cherchait.

Oui ! pensa-t-elle, extatique. *Il est temps de partir…*

Elle regrettait d'abandonner Ramirez, de le laisser seul face à la mort… Mais s'était-il jamais soucié d'autre chose que de lui-même ?

A la réflexion, elle ne perdrait pas le sommeil en pensant à sa mort.

Adieu, David…

Elle revint à elle.

Max riva sur sa sœur un regard si plein d'espoir… Alex lui prit la main et lui offrit un verre d'eau.

— Ça va ? demanda-t-il.

Elle apprécia sa sollicitude, mais ne but pas. Son frère était à la torture depuis trop longtemps.

— Je sais où ils sont ! annonça-t-elle.

CHAPITRE XXVI

— Je vais t'attraper, monstre de l'espace ! Tu ne m'échapperas pas ! Rends-moi cette mallette ou je te disséquerai moi-même !

Les menaces de Morton se répercutaient le long des parois du labyrinthe souterrain. Recroquevillée dans une alcôve, Liz n'aurait su évaluer à quelle distance il était. Les yeux grands ouverts, elle s'efforçait de repérer le faisceau de la torche qu'il s'était appropriée – Ramirez avait dû rejoindre la liste noire de ses victimes... Plusieurs fois, elle l'avait vu briller sur une formation rocheuse, derrière elle, la forçant à s'enfoncer toujours plus dans l'inconnu.

Plus sa frayeur augmentait, plus l'empreinte argentée scintillait. C'était une bénédiction, *et* une malédiction. Si elle lui permettait de voir où elle mettait les pieds, la lueur était susceptible de trahir sa position.

Pour l'instant, elle gardait une certaine avance sur le tueur, qui avait dû emprunter un itinéraire différent du sien. Liz en profita pour tenter de se débarrasser du fil qui lui liait les poignets. Elle repéra une stalagmite tranchante et s'en servit comme d'une scie. Pour cela, elle dut lâcher la mallette.

— Je sais que tu es là, Tess ! cria Morton.

Liz affronterait-elle la mort sous ce nom-là ?

Faut-il que pour mes derniers instants sur Terre, on me confonde avec une garce interplanétaire ?

Le fil électrique était résistant, mais elle réussit à l'entamer. Elle essaya de le casser en l'accrochant à une aspérité de la roche et en tirant de toutes ses forces.

Bon sang, ça prend un temps fou !

Et Morton ne semblait plus très loin…

— Ne sois pas stupide ! Tu tiens vraiment à t'égarer dans ces tunnels ? Tu y mourras de faim et de soif !

Il marque un point…

Mais l'autre solution – se laisser recapturer – était encore moins réjouissante… Elle se soucierait de gagner une sortie *après* avoir échappé au fou de la gâchette.

Tom et Becky ont retrouvé la surface, se rappela-t-elle, se raccrochant à l'heureux dénouement des mésaventures des deux héros de Mark Twain. *J'y arriverai aussi…*

Elle écarta au maximum les mains en continuant de scier le fil.

Soudain, il céda.

Enfin !

Savourant cette petite victoire sur la brutalité de Morton, elle regarda ses poignets. Ils étaient rouge vif, mais libres !

Liz ramassa l'attaché-case et reprit sa course, s'éloignant des beuglements du tueur. Elle se faisait l'effet d'une forme de vie bioluminescente adaptée à la vie sous terre… De fait, elle s'orientait grâce à la lueur de l'empreinte générée par son corps.

Elle arriva devant un croisement : deux tunnels, l'un large et l'autre étroit, s'ouvraient devant elle. Elle hésita. Morton aurait sans doute du mal à prendre le second, avec sa grosse carcasse, mais si le passage se rétrécissait, elle serait bien avancée !

Elle frissonna à l'idée de se retrouver dans un cul-de-sac… Il suffirait au type d'attendre qu'elle vienne se jeter dans ses bras…

D'accord, décida-t-elle. *Je prends le plus large.*

— Ah, te voilà !

Liz se retourna. Morton était à vingt mètres à peine d'elle…

Il bondit.

— Donne-moi cette mallette, monstre !

Changeant de plan à la dernière seconde, Liz s'engouffra dans le tunnel étroit. La mallette restant coincée en travers, elle dut la faire pivoter, ce qui lui coûta plusieurs secondes… Morton l'avait presque rejointe quand elle se dégagea. Le corps du tueur percuta l'ouverture ; comme la jeune fille l'avait espéré, sa carrure le handicapait. Il tendit un bras et une épaule pour la rattraper.

— Reviens immédiatement ! Ou je tire !

Il se dégagea, dégaina et mit Liz en joue. Ça n'étaient pas des menaces en l'air… Morton n'hésiterait pas. Dorénavant, les lignes droites étaient les ennemies de Liz. Seuls des zigzags frénétiques pourraient lui éviter le pire.

Elle réprima un pénible flash-back… L'impact et la douleur jaillirent tels des fantômes de sa mémoire. Attisée par sa terreur, l'empreinte brilla de plus belle.

Non ! Pitié, pas ça !

Par bonheur, elle découvrit l'embouchure d'un autre tunnel et s'y engouffra à l'instant où un coup de feu retentissait. Des éclats de roche volèrent à la ronde. Puis le faisceau de la lampe balaya le conduit… Le tueur lâcha une bordée de jurons. Pas de cadavre humanoïde !

Comment ce fou furieux aurait-il récupéré la mallette, s'il avait fait mouche ?

L'instant suivant, Liz comprit qu'il était incapable de réfléchir… Comme son comportement au *Crashdown* l'avait prouvé, il était du genre à tirer d'abord et à envisager les conséquences ensuite.

— Où es-tu, bon sang ? rugit-il. Ne crois pas que tu m'échapperas longtemps, monstre de l'espace ! Je ne quitterai pas ce maudit trou sans la mallette… et ta peau d'extraterrestre !

Le tunnel où elle s'était réfugiée, pas plus large que le précédent, rétrécissait à mesure qu'elle progressait. Bientôt, elle dut s'y faufiler de profil. Effrayée à l'idée de s'être emmurée vivante, elle avançait de quelques centimètres à la fois, se sentant écrasée entre les parois – formées par des mollusques et des coraux préhistoriques pétrifiés, selon ce qu'elle avait appris en cours de sciences naturelles. Ses os deviendraient-ils partie intégrante de cette tombe, enfouis pour l'éternité, loin de la lumière du jour ?

Elle se sentit navrée pour ses parents… Ils ne sauraient sans doute jamais ce qui lui était arrivé. Max et Maria leur parleraient-ils de Morton et de ses agissements criminels, ou ces aveux feraient-ils courir trop de risques aux extraterrestres ? D'une manière ou d'une autre, elle espéra que sa mère et son père auraient droit à un peu de réconfort. Max y veillerait sûrement en mémoire d'elle.

Max…

Comment croire qu'elle ne le reverrait jamais ? Il leur restait tant de choses à faire ensemble ! Leur histoire commençait à peine à s'écrire…

Au moins, Roméo et Juliette sont morts ensemble, pas séparés par des milliers de tonnes de roche !

Il lui vint à l'esprit qu'elle était peut-être en sursis depuis la fusillade… La mort, toujours sous les traits détestables de Joe Morton, venait de la rattraper…

La claustrophobie vint s'ajouter aux angoisses qui la rongeaient. Sur le point de s'abandonner au désespoir, elle vit soudain le tunnel déboucher dans une grotte de la taille d'une salle de classe… Des stalagmites torturées se dressaient vers la voûte invisible dans le noir.

Liz tendit l'oreille, à l'affût de la démarche de son tourmenteur. Elle n'entendit personne approcher, mais des couinements et des bruissements d'ailes familiers attirèrent son attention.

Des chauves-souris !

A l'odeur, elle se serait crue dans un ossuaire. Le sol glissait tant il était couvert de guano. Liz fronça le nez de dégoût. D'après sa montre, le soleil ne se coucherait pas avant trois ou quatre heures. Or, les chauves-souris attendaient ce moment pour s'envoler en quête de pitance.

La jeune fille soupira de frustration. En théorie, les chauves-souris auraient pu la guider vers la sortie. Mais pourrait-elle rester cachée là tout ce temps avant que Morton ne la retrouve ?

Fatiguée de trimballer la mallette partout – d'autant plus qu'elle avait failli lui coûter la vie ! –, elle chercha un moyen de l'ouvrir… Ses yeux tombèrent sur une stalagmite effilée, de la taille d'une maquette de fusée. Elle entreprit aussitôt de casser la pointe.

Ça me ferait une arme redoutable, pensa-t-elle en admirant ses arêtes tranchantes.

Comme souvent, s'occuper l'esprit permettait de

tromper ses appréhensions. Ses efforts désespérés pour survivre se révélaient une excellente thérapie.

Je me demande ce qu'en penserait Alex…

La stalagmite était plus solide qu'il n'y paraissait, mais Liz réussit à en casser une quinzaine de centimètres. Sans hésiter, elle s'agenouilla près de la mallette et martela la serrure en bronze avec son pic improvisé. Il lui fallut une dizaine de coups – et autant de regards nerveux jetés à la ronde, tant elle redoutait que le raffut n'attire Morton – avant de la faire sauter.

A l'intérieur, le matériau était tel qu'elle l'avait vu le matin. Remerciant le ciel de ses merveilleuses propriétés, elle froissa le métal argenté et le glissa dans sa poche. Puis elle récupéra les fragments ocre avant de dissimuler la mallette dans une crevasse. Par bonheur, le cuir noir et souple se fondait à merveille dans le décor d'obsidienne…

C'est mieux, se dit-elle, tenant la pointe de stalagmite comme une dague.

Evidemment, face à l'arme du tueur, ça ne ferait pas le poids… Mais au point où elle en était, ça valait mieux que rien.

Liz n'avait toujours pas répondu à une question cruciale : rester là… ou continuer son chemin ? Ouvrant l'œil au cas où elle apercevrait le faisceau d'une torche, il lui sembla entendre un goutte-à-goutte, au fond de la grotte. Elle s'humecta les lèvres, mesurant à quel point elle avait soif et faim.

Avançant prudemment entre les stalagmites, elle parvint devant une flaque d'eau claire que la lueur argentée de l'empreinte illuminait.

Tout près, le sol était plus glissant que jamais. Les mains en coupe sous la stalactite qui gouttait, elle recueillit le précieux liquide. L'eau avait un drôle de goût, sans doute à cause de son haut degré de minéralisation. Mais quand on mourait de soif, c'était divin ! La scientifique, en elle, nota qu'un jour une stalagmite remplacerait la flaque.

Elle n'espérait qu'une chose : ne plus être là quand ce moment viendrait…

Distraite par sa découverte, elle fut prise au dépourvu quand une lumière crue l'inonda, projetant son ombre sur le sol. Elle pivota, affolée, et faillit s'étaler de tout son long…

Campé à la sortie d'un tunnel, Joe Morton lui braquait sa torche dans les yeux…

— Ne bouge pas, monstre ! Je parie que tu me croyais hors-jeu… Mais on ne me la fait pas, saleté de l'espace !

Liz chercha en vain un moyen de lui échapper. Elle se sentait aussi vulnérable qu'une évadée repérée par des projecteurs… Sous la voûte, perturbées par la lumière, les chauves-souris s'agitèrent.

Prise d'une inspiration, Liz lança sa dague improvisée en hauteur et plongea simultanément à plat ventre. Naturellement, Morton tira… La détonation fut assourdissante.

Le nez dans la boue, Liz n'aurait pu dire si ce fut son geste improvisé ou le coup de feu qui sema la panique chez les chauves-souris. Mais le résultat fut là : elles quittèrent leurs perchoirs par centaines et volèrent en direction de la sortie la plus proche – l'arche sous laquelle se tenait Morton…

Le tueur brailla de peur et de douleur, mais ses cris furent noyés par les couinements perçants et les battements d'ailes des créatures. Le faisceau de la lampe zigzaguait follement…

Liz se releva et fonça dans la direction inverse. Le

sol était en pente raide. Elle suivit un filet d'eau, espérant qu'il conduirait à une autre issue.

L'exode des chauves-souris se terminait quand elle aperçut une crevasse dans la paroi, devant elle. Elle s'y engouffra… Plus elle descendait, plus elle s'éloignait de la surface et du soleil.

Morton hurlait comme un damné.

— Je vais te tuer, sorcière ! Te truffer de plomb !

Ce ne sera pas la première fois…, pensa Liz.

CHAPITRE XXVII

Ils retrouvèrent la voiture de Ramirez grâce aux indications d'Isabel. Le lieutenant l'avait garée au bord d'une route isolée, dans les contreforts des monts Guadalupe, à moins de dix kilomètres de la Chevrolet. Les jeunes gens avaient dépassé le site sans ralentir, veillant à rouler un peu au-dessous de la vitesse autorisée pour ne pas attirer l'attention.

Max freina près de la Porsche de Ramirez, puis descendit de voiture.

— C'est ici ?

Sa sœur regarda autour d'elle, par-dessus ses lunettes de soleil.

— Oui. (Elle descendit de la Jeep et désigna une corniche, à trois kilomètres environ.) Il est parti par là-bas…

C'était tout ce que voulait savoir Max. Sans attendre, il piqua un sprint.

Il sentait la présence de Liz…

— Tiens bon ! J'arrive !

Le soleil faisait miroiter l'air au-dessus de la terre brune, rendant le paysage un peu flou.

— Attends ! cria Isabel.

Ses amis s'élancèrent derrière lui.

— Attends-nous, Max ! dit Michael. N'y va pas tout seul !

Mais ce fut plus fort que lui ; à ce stade, il ne pouvait pas s'arrêter ni même ralentir. Il avait hésité, dans la chambre de motel, et Liz en avait payé le prix.

Pas question de manquer encore à mes devoirs envers elle !

Plus il approchait de la corniche, plus il sentait la terreur de Liz grâce au lien spécial qui les unissait. Le temps lui était compté. Elle avait besoin de lui. Il *devait* arriver à temps pour la sauver.

Michael redoutait qu'il n'affronte Morton seul… et ne regrette par la suite ce que l'émotion lui ferait accomplir… Mais Max n'avait plus peur de perdre son contrôle. La haine posttraumatique que lui inspirait le tueur avait laissé la place à une autre émotion : l'inquiétude. Il avait conscience des priorités. La première ? Protéger Liz. Si, pour ça, il devait abattre Morton comme le chien enragé qu'il était, il n'hésiterait plus.

Rien à voir avec la vengeance… C'est pour Liz, et pour elle seule !

L'entrée de la grotte était comme Isabel l'avait décrite : une fissure étroite en partie dissimulée sous une avancée rocheuse. Il comprit immédiatement pourquoi Morton l'avait choisie. Dieu merci, Isabel avait eu accès à des informations fiables !

Il allait y entrer quand un grondement l'incita à se jeter de côté. Des centaines de chauves-souris jaillirent, battant frénétiquement des ailes sous le soleil. Désorientées, les pauvres bêtes volèrent vers des abris plus sûrs.

Max cilla. Pourquoi avaient-elles quitté leur grotte

des heures avant la tombée de la nuit ? Sans doute à cause des intrus et de leurs démêlés…

C'est mauvais signe…

Michael et les autres devineraient-ils aussi la cause du comportement anormal des chauves-souris ?

Baissant la tête, Max s'engouffra dans la grotte. Prêt à tout, il laissa l'énergie affluer au bout de ses doigts.

Il tomba sur le cadavre de Ramirez, gisant au milieu d'une mare de sang coagulé. Les yeux vides du pilote, qui n'aurait plus jamais à redouter un chantage, fixaient la voûte. Non loin gisaient la rosace et le « casque ».

Max chercha un indice susceptible de le lancer sur la piste de Liz et de son ravisseur. Il n'avait pas de torche et s'en fichait. Quelques secondes de concentration suffirent ; un halo argenté se forma au-dessus de sa paume. Ses yeux tombèrent sur des traces de pas menant au fond de la grotte. Certaines appartenaient à Liz.

— Liz ! appela-t-il à l'entrée du tunnel. C'est Max ! Tu m'entends ?

Seul le silence lui répondit. A quelle distance étaient Liz et Morton ?

Elle est quelque part, là en bas…

Pourquoi Liz et le tueur s'étaient-ils enfoncés dans les profondeurs de la terre ? Il l'ignorait. Mais il était sûr d'une chose : il devait les suivre.

— Max ! Où es-tu, Max ?

La voix de Michael ! Max entendit son meilleur ami faire crisser des gravillons sous ses bottes, à l'entrée de la grotte.

— Attends ! Je suis juste derrière toi !

Désolé, Michael. Liz a besoin de moi…

Tel un Orphée extraterrestre bravant le monde souterrain à la recherche de son Eurydice, Max plongea dans l'obscurité.

— J'arrive, Liz !

CHAPITRE XXVIII

Plus elle descendait, plus il faisait froid. Elle devait maintenant être à des dizaines de mètres sous la surface… A supposer qu'elle parvienne à semer le tueur fou, retrouverait-elle la voie du salut… ?

Le pas lourd de Morton, derrière elle, brisait le silence. La suivait-il à la trace ? Elle avait espéré que les chauves-souris le décourageraient… Hélas, ça l'avait rendu plus dingue encore…

— Cours, garce d'extraterrestre ! Tu ne m'échapperas pas éternellement !

Le faisceau de sa lampe lui frôlait les talons… Elle devait sans cesse changer de direction pour éviter de faire une trop belle cible.

Me voilà devenue une souris dans un labyrinthe…, pensa-t-elle, se souvenant de ce qu'elle avait écrit dans son journal.

D'après sa montre, il était presque dix-sept heures… Morton la traquait depuis près de deux heures.

Combien de temps tiendrai-je encore ?

L'empreinte de la main de Max, sur son ventre, lui dévoila juste à temps le précipice.

Ouah ! C'était moins une…

Ici, il n'y avait pas de garde-fou. L'abysse plongeait bien au-delà du halo de lumière généré par l'empreinte… Epouvantée, Liz constata que sa seule échappatoire était une corniche étroite, au pied d'une muraille de calcaire… Au mieux, elle faisait trente centimètres de large.

Pouvait-elle encore faire demi-tour ? Jetant un coup d'œil par-dessus son épaule, elle vit que Morton était presque sur elle…

Elle n'avait plus le choix. Déglutissant avec peine, elle s'engagea dans l'étroit passage, pressée contre la roche. Par chance, l'obscurité l'empêchait de sonder les profondeurs du précipice… Elle se sentait comme un acteur de film muet coincé sur une fenêtre, au trente-deuxième étage d'un gratte-ciel… Sauf que sa situation n'avait rien d'humoristique.

Ne regarde pas en bas ! s'exhorta-t-elle. *Même si tu ne peux rien voir, ne regarde pas en bas !*

Morton était tout près.

— J'arrive ! Je sens ta peur, monstre lumineux !

Liz baissa les yeux sur son ventre. Devait-elle le couvrir… ?

Inutile d'espérer qu'il tombe dans le précipice…

Hélas, les piles de sa torche ne semblaient pas sur le point de rendre l'âme.

La jeune fille longea la corniche et fut soulagée quand celle-ci s'élargit. Elle put avancer plus vite. Mais son soulagement ne dura pas : elle était dans une impasse.

— Oh, mon Dieu ! souffla-t-elle.

Elle venait d'atteindre une terrasse qui surplombait le précipice, sur sa droite. La pierre se dressait sur sa gauche et devant elle.

Et maintenant ? Je suis faite comme un rat !

— Liz !

En théorie, retrouver quelqu'un dans ce labyrinthe de grottes et de tunnels était une gageure… Mais Max se savait sur la bonne piste. Il *sentait* la présence de Liz… Elle était passée par là, il n'y avait pas si longtemps.

Et elle était en danger ! Sa main gauche – celle qui avait laissé son empreinte sur le ventre de Liz, le jour où il l'avait sauvée – brillait de plus en plus. Et il captait sa terreur et son désespoir via leur lien psychique.

Au moins, elle est toujours en vie, se consola-t-il tandis qu'il s'enfonçait dans les entrailles de la terre. *Mais pour combien de temps ?*

Un impact de balle, dans la paroi d'un tunnel, lui prouva qu'il était sur la bonne voie… Et que Joe Morton était toujours armé et dangereux.

Au bout de l'étroit boyau, il déboucha dans une grotte où flottait une forte odeur animale… Sa main lumineuse éclaira les alentours, révélant un sol couvert d'excréments.

Les chauves-souris venaient de là…

Le poing levé, il vit quelques bestioles, moins émotives que leurs congénères, pendues la tête en bas. Il se demanda ce qui les avait effrayées à ce point.

Un coup de feu ?

Il traversa la grotte et découvrit des traces de sang dans la boue et le guano. Elles conduisaient à l'entrée d'un tunnel, en contrebas. A qui appartenait ce sang ? A Liz ? Ou à Morton ?

La vue de petites empreintes de pas fuyant la grotte lui redonna espoir. Il fut plus soulagé encore quand il constata que les gouttes de sang allaient de pair avec les traces de Morton. La jeune fille avait-elle réussi à blesser le tueur ?

Bien joué, Liz !

Main gauche levée, il remonta la piste laissée par Liz et son ravisseur, s'enfonçant toujours plus profondément au cœur de cette planète qui n'était pas la sienne.

Derrière lui, il n'entendait aucun bruit… En l'absence de lien privilégié avec Liz pour les guider, Michael et les autres avaient-ils jugé préférable de rebrousser chemin ?

Si c'est le cas, tant mieux, pensa Max.

Il se chargerait seul de Morton, d'une manière ou d'une autre.

— Liz ! cria-t-il de nouveau, au mépris de la prudence. Tiens bon ! J'arrive !

Le halo de sa main était presque aveuglant.

Prise au piège !

Liz retint son souffle en entendant les pas de Morton se rapprocher. Ayant recouvert l'empreinte argentée, elle était désormais dans le noir. Hélas, ça ne suffirait pas à la sauver…

Une minute plus tard, un faisceau lumineux perça l'obscurité, balayant le rebord du précipice… et au-delà.

— Bon sang ! s'exclama Morton, surpris à la vue de la crevasse béante. Beau plongeon !

Le tueur longea le précipice et repéra Liz, au bout de la corniche.

C'était l'heure de vérité… Liz se releva, résolue à affronter son persécuteur.

— Et voilà ! le défia-t-elle, regrettant de ne pas pouvoir lui jeter un des regards noirs dont Isabel et Maria avaient le secret. Vous m'avez trouvée. Et maintenant ?

— *Et maintenant ?* Tu veux le savoir ? Regarde ce que tu m'as fait, sorcière !

Il éclaira son visage, constellé de morsures et de griffures. Ses cheveux étaient dressés comme ceux d'un fou. Des lambeaux de chair pendaient de son crâne. Des taches de sang maculaient sa chemise, lui donnant des allures de tueur psychopathe sorti d'un de ces films d'horreur dont Kyle raffolait.

— Tu te crois maligne, sorcière ? Admire ton œuvre, monstre de l'espace !

Ses yeux injectés de sang rivaient sur elle le regard le plus vicieux qu'elle eût jamais vu – chez un être humain ou un Skin. Il n'était plus question de « marchandise ». Il voulait se venger sur Liz des blessures infligées par les chauves-souris.

— Comme si ça soutenait la comparaison avec le sort que vous avez réservé au lieutenant Ramirez ! Ou à Okada ! Sans parler du motard que mon amie vous a vu exécuter au fond d'une ruelle ! (Elle lui cracha à la face deux années de traumatisme.) Et de ce que vous m'avez fait, au *Crashdown*. Vous avez failli avoir ma peau, salaud !

Morton cracha dans le précipice – du tabac ou du sang, Liz n'aurait su le dire.

La liste de ses crimes ne lui fit ni chaud ni froid. Pourtant, cette jeune fille n'aurait jamais dû en connaître l'existence…

— Et alors ? T'es même pas humaine, Tess !

— Je m'appelle Liz. Liz Parker.

— Peu importe ! grommela le tueur. (Il la mit en joue.) Il est temps que je finisse ce que j'ai commencé dans ce foutu restau !

Il tira. Le coup de feu claqua…

Liz sentit la balle la frapper sous les côtes, exactement comme deux ans auparavant. Cette fois, cependant, le projectile mortel ricocha sur le matériau argenté dont elle s'était couvert l'abdomen – dans sa folie sanguinaire, Morton n'avait pas remarqué la disparition de l'empreinte lumineuse – et alla se loger dans l'épaule du tireur.

Il cria de douleur… Son arme tomba dans le précipice.

— *Que… ?* gémit-il. Comment as-tu… ?

— Grâce à la *marchandise*, dit Liz en écartant les pans de son chemisier. (Le regard exorbité du tueur valait presque tout ce qu'elle avait subi.) Ce truc mérite bien le prix que vous l'avez payé.

— *Toi… !*

Il chancela près de la corniche, son bras indemne tendu vers elle. Liz se pressa tout entière contre la paroi de calcaire, soudain effrayée à l'idée qu'il ait la force et la férocité nécessaires pour la tuer à mains nues.

— C'est à moi ! cria-t-il, de la salive lui coulant aux commissures des lèvres. (Inconscient du danger, il posa le pied sur la corniche.) Je récupérerai mon bien sur ton cadavre !

Liz crut sa dernière heure arrivée… Quelle ironie ! Une empreinte de main violacée, autour de son cou, effacerait celle qui lui avait sauvé la vie.

Adieu, Max. Je t'ai toujours aimé…

— Liz !

Max ! Son cri résonna comme un coup de tonnerre.

Son apparition inattendue surprit Morton, qui se retourna…

— Qui êtes-vous ?

Le tueur perdit l'équilibre et bascula dans le vide.

Son cri mourut brutalement quand il tomba au fond.

— Liz !

Max la rejoignit aussi vite qu'il put et la serra dans ses bras. Elle le sentit trembler d'émotion.

— Oh, Dieu… Ça va, Liz ?

— Oui.

C'était la vérité.

Elle avait regardé son pire cauchemar en face…, et survécu. Oui, elle l'avait exorcisé ! Sous les couches de métal argenté, elle sentit des picotements… Comprenant ce qui s'était produit, elle s'écarta de Max pour retirer la protection.

L'empreinte argentée avait disparu.

Pour de bon, cette fois.

EPILOGUE

— Imaginez un peu ! dit Alex avec un grand sourire. Joe Morton était au centre d'un réseau de contrebande de technologie extraterrestre... Sans nous, le bougre n'aurait jamais été inquiété.

Des grognements lui répondirent. Même Isabel semblait amusée.

— Qu'on donne un os à ronger à Scoubidou, histoire de l'occuper ! railla-t-elle.

Mais son regard et son sourire assuraient qu'elle plaisantait.

Liz se félicitait que l'atmosphère soit détendue. En fin de compte, l'excursion mouvementée aux Cavernes de Carlsbad leur avait été bénéfique. Michael et Maria et Isabel et Alex semblaient plus soudés que jamais. Liz était heureuse de voir ses amis si heureux, mais elle attendait Max, toujours au bureau du shérif.

Cinq glaces « Vagues Rigéliennes » et deux bouteilles de tabasco plus tard, il les rejoignit enfin.

Il se glissa près de Liz, et rapporta ce qu'il avait appris.

— D'après Valenti, le FBI préfère ne pas ébruiter l'affaire. Après tout, comment révéler aux médias sans perdre la face que Morton s'était réfugié dans une grotte de Carlsbad après avoir volé un artefact extra-terrestre à l'Air Force ? Officiellement, Morton a tué Ramirez et Okada à la suite d'une affaire de drogue qui a mal tourné. Puis il a trouvé la mort en tombant dans un précipice.

— Et les fragments ? demanda Michael.

Dès le retour à Roswell, ils les avaient cachés dans la Grotte des Incubateurs, avec le reste de leur héritage.

Max haussa les épaules.

— Officiellement aussi, ils n'ont jamais existé… Personne ne pourra les chercher *ouvertement*. Mais j'imagine que beaucoup d'agents du FBI feront de la spéléologie pendant les mois à venir…

Il sourit, amusé à l'idée qu'ils perdraient leur temps.

— Alors ? demanda Maria. Tout est bien fini, cette fois ?

— Oui, confirma Liz.

Pour la première fois depuis deux ans, elle n'avait plus peur de l'homme qui lui avait tiré dessus.

C'était du passé !

— Oui, tout est bien fini.

Achevé d'imprimer sur les presses de

BUSSIÈRE

GROUPE CPI

à Saint-Amand-Montrond (Cher)
en octobre 2002

FLEUVE NOIR
12, avenue d'Italie
75627 Paris Cedex 13
Tél. : 01-44-16-05-00

— N° d'imp. : 25817. —
Dépôt légal : novembre 2002.

Imprimé en France